U0838774

[日] 夏树静子
なつき しずこ

C的悲剧

Cの悲劇

[日] 夏树静子 著 杨军 译

时代文艺出版社

图书在版编目（CIP）数据

C的悲剧 / (日) 夏树静子著；杨军译．—长春：时代文艺出版社，2018.3

ISBN 978-7-5387-5595-4

Ⅰ．①C… Ⅱ．①夏… ②杨… Ⅲ．①长篇小说－日本－现代 Ⅳ．①I313.45

中国版本图书馆CIP数据核字（2017）第288987号

出 品 人　陈　琛
产品总监　郭力家
责任编辑　闫松莹
装帧设计　孙　利
排版制作　隋淑凤

本书著作权、版式和装帧设计受国际版权公约和中华人民共和国著作权法保护
本书所有文字、图片和示意图等专有使用权为时代文艺出版社所有
未事先获得时代文艺出版社许可
本书的任何部分不得以图表、电子、影印、缩拍、录音和其他任何手段
进行复制和转载，违者必究

「Cの悲劇」：C NO HIGEKI
Copyright @ NATSUKI SHIZUKO 1989
All rights reserved.
Original Japanese edition published by Kobunsha Co., Ltd.
Chinese translation rights in simplified character arranged with Woodbell Co., Lrd. Japan.
Simplified Chinese edition copyright @ 2017 by Time Literature and Art Publishing House.
Chinese simplified translation @ Yang Jun

C的悲剧

［日］夏树静子 著　杨军 译

出版发行 / 时代文艺出版社
地址 / 长春市泰来街1825号　时代文艺出版社　邮编 / 130011
总编办 / 0431-86012927　发行部 / 0431-86012957　北京开发部 / 010-63108163
官方微博 / weibo.com / tlapress　天猫旗舰店 / sdwycbsgf.tmall.com
印刷 / 三河市万龙印装有限公司
开本 / 640mm × 910mm　1 / 16　字数 / 165千字　印张 / 13.75
版次 / 2018年3月第1版　印次 / 2018年3月第1次印刷　定价 / 30.00元

图书如有印装错误　请寄回印厂调换

目录

第一章　阴暗的饭店

1

“是这儿！快瞧！虽然店面不太显眼，可里面的东西很好吃呢！有奶油水果馅饼、柠檬馅饼，还有乳酪饼什么的，都特别……”

顺着口中喋喋不休的绀野美加指的方向望去，在面对着一个坡道的大楼旁边，有一个玻璃橱窗，里面摆放着各式各样造型十分漂亮的点心。

“真的呀，看上去很不错呢！”

芦田千卷随声附和着。

“差一点儿就错过了。这里的甜点一定非常好吃……我想这家饭店也许是重新翻盖的吧，不过……”

说着，她们已经来到了这家店的门前。

美加推了一下自动转门。千卷是第一次来，这时她才注意到这幢大楼是一家饭店。

这是一幢外墙涂了不明快的芥末颜色的五六层高的建筑。在自动转门的内侧，连着一条天花板很低的窄长的大厅。在大厅深处吊着一盏树枝形吊灯，那儿好像是饭店总台。

千卷跟在美加的后面走进来，十分好奇地四下张望着。千卷的娘家在东京都的文京区，而她则住在府中，对属于涩谷边缘的这个地方不太熟。

当她听说同事美加结婚后搬入了新公寓，今天特意来这儿看望她，可这一带这么大的变化实在让她吃惊不小。

在千卷的记忆中，也就是距今天二十多年前的中学时代，涩谷车站的北侧只有一家电影院和小吃店；而今，这里装潢漂亮、样式新颖的楼房鳞次栉比，充满了勃勃生机，几乎使人觉得像到了新宿一样。

美加的公寓，位于国家体育场前方的半山坡上。一条繁华的“公园大道”与其相通。

下午3点，两个人离开美加的公寓，美加送千卷去车站，路上，美加发现了这家位于“公园大道”旁边坡道上西饼屋。

两个人在这里分别选购了几种点心。在售货员包装时，千卷再次无意中朝大厅那儿扫了一眼。在看过了刚才公园大道那繁华、热闹的场面后，这里有种曲径通幽之感。

饭店内由于天花板很低，因此从那枝形吊灯上发出的混浊的橘黄色光线，使整个大厅显得很昏暗。由于壁纸的紫色十分显眼，以致对面那十分秀美的人工庭院也显得不那么富于生气。

啊……千卷马上明白了这其中的奥妙。之所以一进来后茫然若失，感到和日本风格截然不同，是因为这里面有许多东方人面孔的外国人。

在这条窄长的大厅的总服务台前，放着几把椅子和几张小桌子，围坐在那儿谈笑风生的，或是在等人的大多是中国人、韩国人，以及肤色略深的东南亚人。

当然其中也可以看到日本人或欧洲人，不过……

突然，千卷吃惊地屏住了呼吸。

那个坐在椅子上正说着话的男人竟然和自己的丈夫长得一模一样。

难道真的……不过，这儿可不是他这种人来的地方，因此十有八九是自己看错了。千卷这样想着便走出了这家饭店。临出门时她又忍不住回过头看了那个男人一眼。

当她这次又回头看时，不禁“啊”的叫出声来了。

肯定是自己的丈夫芦田和贤！他那保养得很好的脸庞上，戴着一副全金属框的眼镜，头顶上有过早出现的灰白头发。

他在注意倾听着对方的讲话，并不停地慢慢点着头。从他脸上可以看到在他的工作或事情进展顺利时常常显露出的特有的笑容。

他对面的那个人，看上去要比芦田大十岁吧？是个四十八九岁样子的体型瘦削的男人。他向前探出的嘴里叼着一支香烟，正在喋喋不休地说着什么。

千卷心里转念一想，如果现在去和丈夫打招呼，他肯定不会有什么吃惊的。也许，他还会和自己一块儿回家呢！

听到店里的服务员说价钱时，千卷又朝店里走了进去。

“好旧的饭店呀！正好有一种可以谈论秘密事情的氛围呀！”

美加苦笑着说道。

“不过，这个地方好像有些出人意料。好人模样的人多一些。我不是说表面上像正人君子的人。”

“……”

“这样的饭店，在大白天也可以把想带来的人带来幽会吧？”

千卷生气地说道。

这会儿偶然碰上了丈夫，也就是芦田和贤，他当然不会偷偷带情人到这种地方来，因为从目前看来，正在和自己的丈夫谈话的人是和他业务上有来往的人。

千卷接着一边笑着一边把钱递给了售货员，并接过了点心盒子，朝大厅的门口走去。

千卷为了和丈夫打个招呼，便朝服务台的方向走过去，当回过头看了一眼时，奇怪，没有人了！

她连忙又往回走了几步，朝更远一点儿的地方看了看，哪儿也没有丈夫芦田的身影。刚才他和对方坐的那两把椅子都还在，但现在只有一个男服务员在那儿收拾烟灰缸。“回家了吗？”那就不会走多远。千卷猛然冲出去，不料差点儿和一个从里面走出来的身穿黑色西服的男人撞上。

“啊，对不起。”

但对方只是皱了皱眉便从她身边走过去了。千卷抬头看了一眼这个男人，这不正是刚才和丈夫坐对面的那个男人吗？

于是她马上定了定神，一直盯着这个男人的侧脸，直到目送他走出饭店。男人看上去比刚才显得年轻，也许四十五六岁吧，脸色晦暗，给人一种身体不健康的阴郁感。

他那紧皱着的眉头下面，是一双深深凹陷而且毫无生气的眼睛，男人面容憔悴，下巴尖瘦，身材瘦长，猫一样的溜肩。他推开转门就走了出去。

这是一个长相并不会令丈夫喜欢的人。或许只是由于工作关系认识的人吧。

如此说来，丈夫芦田应该是出于工作需要，才在这种场合单独约见这个男人的。

要不然就是芦田还在这里，这会儿去厕所了？

千卷又朝总服务台那儿走了几步，还是没有芦田的身影。

不仅如此，那个方向也没有厕所呀！总服务台的左侧有两个电梯间，右侧是一个狭小的衣帽间。

“这可太奇怪了……”

但是，千卷忽然发现，在衣帽间旁边还有一个出入口。出入口有一个旧式的门，透过污脏的门玻璃隐隐约约可以看到外面的街道。

那扇门旁边一个人都没有，不过可以看出，推开那扇门用不了多大力气。

丈夫一定是从那扇门出去的。

由于这家饭店不大，因此为情人们的约会方便特意安排了这么一扇门……

千卷感到丈夫的行动很可疑。

“千卷，你怎么啦？”美加从后面追了上来，很好奇地问道，“是你认识的人？”

“嗯，我觉得很面熟，不过，弄错了……”

千卷说着，马上快走几步从转门出去了。

冬季午后那无力的阳光照射在大街上。这条大街的前方五十米左右和公园大街相连。

在大街上纷杂的人流中，千卷寻找着身穿色彩明快的米黄色大衣的芦田，却连个人影都没看见。

2

千卷在这家“光轮”饭店前和美加分了手，乘上井之头线和京王线列车。5点刚过，她在府中下了车。

进入2月以来，让人感觉白天仍然很长，但这个时间街上已被朦胧的夜色笼罩了。

芦田和千卷的家离车站不远，如果快走的话，有二十分钟便可到达，所以在没车的时候，千卷常常步行回家。

但今天她在车站前叫了一辆出租汽车，她想也许丈夫已经先回家了。

站前的甲州街道，与两侧长满了高大榉树的国分寺街道相连。这一带早先是神社的参道，而现在两边都盖起了漂亮的商店。因为从府中到北面的国分寺集中了好几家公立和私立的学校，便有许多学生模样的人在此处活动。

在树叶繁茂的季节，榉树给街道两侧投下巨大树荫，而现在却只有在寒风中赤裸着的光秃秃的树枝。

千卷乘坐的这辆出租汽车，开到天主教堂前面向右拐，驶入了有一大片绿荫的住宅区域。

这里有国立农工大学的农场和一大片桑田。桑田的中间有条小道；而桑田的东端，有两幢十分漂亮而讲究的房子。在这两幢房子的东侧，有一条小河，涓涓流水正好把一片杂木林相隔开来，周围散建着两三处大学的宿舍和会馆。

也就是说这两幢房子好像是从附近这些住宅中被孤零零地分离开了一样。本来这是一片国有的大学占地，但由于历史原因，这里夹杂着一小块私有土地，所以才形成了这个样子。大约在三年前吧，这块私有土地的主人在这盖了两幢租赁房屋，芦田夫妇便住进了东侧的一幢。

隔壁的那一幢，原是某个公司职员的三口之家住在那里，但后来因工作调动搬走了，现在正空着。

千卷看到红豆色的屋顶和雪白墙壁的家中没有灯光，不觉心里一怔。本来她有准备：由于自己回来晚了会招来丈夫的一通责怪，但自己还是先于他到了家。

千卷下了出租车，马上闻到一股寒夜的干草味。这是一种什么时候闻到都会使人产生一种安逸情怀的味道。

不过，以新宿为中心，方圆一小时路程之内的任何地方，可难得听到乡村般的牛马羊鸣叫声，也难以闻到干草的清香。

在停放着一辆深红色宝马牌汽车的车库旁边，有几级通向大门的台阶，千卷上了台阶，打开了大门。

她走进屋里，拉开电灯，并打开了电暖器开关。

室内完全是按西式风格设计的。一楼是起居室和餐厅；再里面一点儿是芦田的书房，以及在工作累了时可以随时躺下休息一会儿的小休息室。二楼是夫妇二人的卧室，有四张榻榻米大小。

三年前，下决心租借这处房子的最主要原因，是由于芦田非常希望能有一间自己的书房。因为从那时起，每个星期有四五天要在家办公，所以能有一间为研究工作而用的书房就成了选择住所的重要条件了。

当时住的是新宿区的公寓，因为不便工作，所以早就下决心要搬到一处更为宽敞的地方去住。

芦田和贤今年38岁，在一家计算机软件公司工作，主要从事医疗用软件的开发。他从国立大学的医学系毕业后，又重新考入了理工系，学习计算机。

大学毕业后他便到了一家大型的计算机公司工作。但由于他无法忍受大型公司极其严格的清规戒律，在他31岁那年，跳槽去了一家规模较小、风险性强的公司工作。

医疗计算机软件的开发和研究，不允许任何人在家里办公，但由于他的成绩十分显著，他提出希望自己能在家办公的要求便破例得到了允许，所以他大部分时间都在家里工作了。

在每个星期中，他一般是在星期四去公司上班。今天早上也是8点钟出的门。平时如果他不去别的地方，那么通常在晚上7点就会从四谷的公司回到家。

千卷回到家中，换下了外衣，去了厨房，开始准备晚饭。因为事先都做好了准备，所以她不慌不忙地收拾着……

然而，刚才在涩谷的饭店里看到丈夫的情景，又一下子出现在千卷的脑海里。

大约过了四十分钟的样子，门铃响了。

千卷来到走廊上时，大门又被轻轻地敲了两下。听着敲门的节奏，她马上意识到是丈夫回来了。

千卷连忙把眼睛放在门玻璃的猫眼上向外看了一下，马上打开了大门。

“您回来了。”

芦田穿着米黄色的大衣，满面春风地走了进来。

“回来了，你今天去了？”

今天早上千卷告诉芦田要去美加的公寓看望她。

“是的。真是不错的地方，看样子她很幸福呢！我们一直聊到了3点多，然后……”

这时芦田已经走进了起居室，把手上的一只银色纸袋放在了桌子上。

随后，芦田上了二楼，换上对襟毛衣后又去浴室里洗了脸和手。

他有洁癖。

这时，千卷开始往餐桌上摆放晚餐。

芦田看着千卷摆好饭菜后，便把那个纸袋拿了过来：

“我说，下个月就是我们十年了吧？”

“啊，真的呢！”

也就一秒钟，千卷马上就明白了丈夫的话。3月28日是他们结婚十年纪念日。

“别的也没有什么好买的，我就买了这个东西。”

芦田有这个习惯，说话时爱“卖关子”。他一边十分平静地看着妻子的反应，一边从纸袋里取出东西。

“哇！真漂亮！太谢谢你了！”

千卷惊呼着，马上打开了纸袋的封口。

纸袋里有一个同样颜色的纸包着的一个包，是一个用金丝细线扎着的长方形盒子。

千卷打开了里三层外三层的包装之后，看到一只深红色的天鹅绒的盒子，里面的黄金项链放射着贵重金属特有的耀眼光芒。

这是一条5毫米宽的条形样式的项链，上面标有“18K”的标记。

“太好了，真的很漂亮啊！”

“中意吗？”

“啊，那当然了！”

“这就好。”

“是‘培萨罗’的呢！”

千卷看着盒盖上的名字说道。这是一家在市中心开了好几个分店专营进口女性服饰和室内装饰用品的公司，

“‘培萨罗’的样式都是很洋气的。可你怎么会知道的？”

"嗨，还不是听公司里的女孩子们整天挂在嘴边上嘛，在涩谷有家很大的店呢！"

"那你是特意……"

"嗯，反正……"

芦田在这种情况下总是矜持地笑一笑算是回答。

"你今天是去了涩谷的！"

"啊？"听到这句话，芦田吃惊地瞪大了眼睛。

"不是的，我从美加的公寓里出来，在公园大道的半路上，去了那家饭店，为了去买那儿的点心，在那儿……"芦田的目光十分紧张地死死地盯着千卷，千卷看出丈夫在催促自己，便又说下去，"我无意中看到你了，在大厅的里面。不过，我转身交点心钱时，你就不见了……"

"……"

当芦田听到千卷说的不过是这些内容后，这才松了一口气。

"我是在那见一个朋友，挺偶然的……是医学系的同学。"说着，芦田又习惯性地用手扯了扯自己的耳朵说下去，"是在出了'培萨罗'后碰上的……因为小吃店里人很多，我们就去那家饭店的大厅里坐了坐，聊了聊。因为他说全家都在三鹰，一家人等他吃饭，我们很快便分手了……"

"真的呀，那还不如咱们一块儿回来呢！太可惜了……"

这时，芦田的目光扫向了桌子上的饭菜。

"这么说，你也去了涩谷？"

"美加的公寓在涩谷呀！"

今天早上刚刚对他说的，也许他当耳旁风忘了？

"哎呀，看，都忘了吃饭了，不过，再稍等一下。"

说着，千卷连忙收起项链盒子，放到了卧室一角的镜子前边。

由于她正好换上了一件黑色的毛衣，配上一条金黄色的项链十分合适，所以她迫不及待想试试。

简直就是为她定做的那样合适。

“真漂亮！太感谢你了！”

但是，在千卷要离开镜子的一刹那间，她的脑海里又闪过一个疑点：碰上一个同学，闲聊一会儿，还用得上去饭店?

而且对方还要赶回去和一家人吃饭。

然而，当千卷来到餐桌旁时，竭力要从头脑中把这些疑问挤出去。

当她看到打开葡萄酒的丈夫时，心中充满了一种幸福的满足感。

毕竟两个人在一起度过了十年的幸福时光啊！虽然一直没有孩子，不过回想起来这样还是好。

她感觉自己和丈夫过着一种令周围邻居们羡慕的生活。

如果这样安逸、宁静的二人世界一直继续下去该多好……

但是——这时的千卷丝毫没有想到，在她34岁的人生路口，前面将会出现一个又一个陷阱。

不，无论什么年龄，不可捉摸的命运都将会在明天的某一个时刻为你设下一个又一个的陷阱呢！

3

最初的变化，大约是在半个月后发生的。

3月25日星期六，是个阴霾的天气。这天下午，大门的铃声响了。

千卷冲着大门问道：“您是哪一位？”

“是您的邻居。”这是一个男人的声音。

“嗯？”

“哦，我是刚刚搬来的。”

千卷从门镜向外看去，一个公司职员模样的瘦瘦的男人站在门外，他穿了一件红色的西服。于是，她便打开了房门。这时芦田正在书房里做着研究工作。

“谢谢。我计划明天搬过来的。我叫阿梶。今后就请您多多关照了。这是房东关照过的。”

年近七旬的房东，十分看重这种礼节上的事。

“啊，没有关系。”

“那今后就拜托了！”

阿梶笑着又一次低头行礼，并恭恭敬敬地把一盒也不知道是装着小甜饼还是其他什么点心的小盒子放在门阶上，盒子上面还附上了一张名片。

“也请您多关照！”

千卷一边回答着，一边观察着这个叫阿梶的人的举动，心里多少有点儿不快。

“您家……很多人吧？”

千卷轻轻地问了一句，并开始猜测对方的年龄。这个男人头发浓黑，面部也不臃肿，看上去也就在二三十岁这个年龄段，不过从他那眼角和嘴角因微笑露出的少许皱纹来看，应当是三十岁左右的人。

“不，只是我一个人搬过来了……不过，反正迟早要成家。”

阿梶不好意思地低声说道。

千卷听后笑了起来：“那就祝你幸福了！”

阿梶再次道谢后，便快步走下了台阶。

回到起居室，正好芦田从书房里走出来。在家办公的日子里，他几乎每天都是早饭后9点半左右进书房，一直待到下午6点以后，中间只是吃午饭才出来一下，可以说一整天“埋”在书房里。而在这种情况下，千卷尽可能不去书房打扰他。

“再来点咖啡可以吗？”

芦田手中拿着一只空杯子问道。

“啊，好的。”

“刚才谁来了？”芦田漫不经心地问道。

“噢，明天要搬来一个邻居。”

说着，千卷把刚才阿梶放在点心盒上的一张名片递给丈夫看。

“‘美和综合管理服务’梶行雄……”

“他一个人来的，不过好像要成家了。”

“哦。”

西边的那套比东边这套房间数要少，好像是专为一对夫妇带一个孩子的家庭准备的。

“反正也是挺闷的，不过好不容易刚刚有个这么安静的地方。”

千卷说不出阿梶的到来好还是不好。

“不过，恐怕总是空着也不是办法。人家还是为了租才盖的嘛。也不知对方人怎么样，还是要提防着点儿好，你不是常有一个人在家的时候吗？”

这两所住房都是钢筋水泥的建筑，具备隔音功能。所以以前的那家邻居虽然有一个上小学的孩子，但也没有让他们感到吵闹。

“嗯……不过，还是只有咱们一户人家住好呀……”

千卷想，和这个人做邻居，挨得这么近，说不定会经常来串门，借个东西什么的，麻烦的应酬事少不了。

但实际上却不是那样的。

3月26日是个星期日，这天的上午，来了一辆搬家用的小型卡车，阿梶也坐在上面，车一停，他就下来忙不迭地向屋里搬东西，房东汤原也来了。他也向千卷打了个招呼。

由于只是一个男人的全部家当，所以到下午2点多就收拾停当了。

未料，汤原找到千卷对她说道：“阿梶先生没有太太，肯定会有许多不便之处，所以拜托你了。”

说完，便扬长而去。

“那么，请您到家里喝杯茶吗？”

有了房东那番话，千卷自然不得不做做样子。

“啊，今天是星期日，您丈夫在家吗？”

“是的，我丈夫平日里都是在家的。”

“……？”

“在家里办公，不用每天上下班。”

千卷看他不明白似的，便又补充了一句。

阿梶走进了自己的家，换下了由于搬家被弄脏的衣服，穿上了一件V字领的毛衣走了出来。

由于在书房里工作的芦田有每天下午3点喝茶的习惯，于是他便来到了起居室。这时，千卷正把阿梶领进来，便让他和丈夫认识了一下。

“从哪儿搬来的？”

简单地打过招呼后，芦田坐在沙发上跟阿梶闲聊了起来。阿梶看上去性格内向，不善辞令，绝不是那种外交家的风度。

“原来我住在大冢的公寓里，那儿太小了。”阿梶腼腆地答道。

“那和我们的情况差不多。”芦田说了一句。

"老家在东京吗？"千卷把红茶放在桌子上也问了一句。

"不，不过我母亲现在住在离东京不远的热海。'二战'时，父母随他们的家人疏散到了乡下，因此母亲是从热海的女子学校毕业的。那儿的朋友也多，她总忘不了热海。加上我父亲去世后我就参加了工作，于是她一个人就搬去了热海。其实我们最早是住在西久保巴町那儿的。"

芦田听阿梶越说越没有了拘束感，便用手向上推了推眼镜框。

"西久保巴町？小时候我也住在那儿呀！"

"真的吗？我一直住到8岁，后来就搬到了北区！"阿梶有点兴奋。

"不过，8岁？小学呢？"芦田饶有兴味地问了下去。

"在区立鞆绘小学上了一年，后来……"

"我也在鞆绘小学上过学！毕业后，我的中学是去麻布上的私立学校。"芦田鲜有地大声喊了起来。

由于他从小在书香门第长大，所以一直对儿童时代和学校的话题感兴趣。

"很冒昧，阿梶先生哪年生人？"

"我是1957年的年底出生的。"

"这么说比我小六七岁呢！小学的时候咱俩正好错过了。"

"是啊，不然也许……"

"真是奇遇啊！"

于是，两个人便从二十四五年以前的那所小学和那座城市的样子滔滔不绝地聊了起来，当聊到他们共同知道的事情时，两个人还不禁朗朗大笑起来。

就这样过了大约十五分钟的样子，阿梶知趣地站起身来：

“实在打扰了。我还要再把家里收拾一下。”

“不，没什么。要不等你安顿下来了，我们开个欢迎会吧！”

芦田豪爽地说道，并兴奋地看着千卷，似乎在征求她的意见。

两个星期后的星期日夜里，千卷让丈夫的承诺实现了。这个季节，从起居室的窗户就可以看到农工大学院里几株樱花树上盛开的美丽樱花。

“这个时节樱花开得最漂亮！”

千卷感慨地说道。

因为阿梶只是星期日休息，所以千卷在星期六夜里给阿梶打电话，约好请他明天下午5点到家里来。

星期日一整天都是难得的好天气。阿梶按照约好的时间，5点过了两三分钟的样子便来到了芦田的家。

这天他穿了一件十分时髦的浅茶色衬衫，外面穿了一件同样颜色的上衣；手中拿了一束粉红色的蔷薇花和一瓶白兰地酒。

所谓欢迎会，不过是招待阿梶的三个人的晚餐。

起居室的桌子上已经摆好酒和几盘凉菜。

芦田问阿梶能不能喝酒，阿梶说自己不胜酒力，于是芦田便给他倒了杯啤酒，自己则倒了一杯白葡萄酒，随后坐到了沙发上。

在农工大的校园里，除了樱花之外，还生长着繁茂的喜马拉雅杉等常绿树木，给校园内染上了一层淡淡的春意。

千卷在餐桌上为大家准备着各式饭菜。芦田和阿梶一开始就接着前日的话题说起辆绘小学的各种事情。后来感到没有什么意思，便一转话题，聊起了自然和工作上的事情来。

“我过去在一家公寓管理公司工作。现在那家公司管理着二十多栋大厦，有市内的公寓、办公大楼，还有休闲设施，我负责跟使用单位的签约。”被问到自己的工作，阿梶便向芦田介绍道，“服务内容很多，大体上分的话有清扫、警卫、设施维护、空调、电器系统等的日常保养，而且还要管理停车场什么的。不过对清扫和警卫工作我只负责签合同，具体做起来有专门的公司负责。我所在的业务部，每天早上要到公司报到，然后就出门去巡视签了合同的大楼的空调和供水系统管理人员的工作状态，以及有无需要解决的事情。”

“公司在哪儿？”芦田问道。

“在新宿。”阿梶答道。

“那你上班倒是很轻松的呀！”

“是的，不过……我来您这儿一看，同是在公司工作，可您却很受器重，可以不出门就办公了呀！”阿梶边环视着四周边流露出羡慕的神情感叹道，“几乎就是在家里上班了！这么舒适的环境和条件，而且还有一位漂亮的太太守候在身边，可真是……”

由于喝了点酒，阿梶脸色微微发红，他露出笑意转向千卷。

“也并不总是这样的，她还要经常出门呢。”

芦田打断了阿梶的话。

“很冒昧地问一下，芦田先生是研究什么的？”

阿梶转了个话题问道。

“医疗计算机软件开发。”

芦田平静地答道。

“哎呀，最近开发医疗计算机软件的人可太不得了了。如果将患者的症状输入计算机，不用大夫，一点鼠标就能诊断那可太好了！”

“AI，人工智能呗！这种手段被称为‘新型计算机’……现在的AI，也就是人工智能，如果是单一的病症还比较容易做出处理程序，但如果是两种或两种以上的复合疾病，做出处理程序可就太困难了。不过，一般来说，患者都是两种以上的疾病或好多种的症状呢！”

芦田不得不说得越来越专业和复杂起来。

“这么说，您今后的研究方向就是复杂疾病的诊断、治疗软件开发了吗？”阿梶谦逊地问道。

“嗯，简单地说吧，目前阶段的研究首先要开发可以辅助大夫们工作的软件。比方说MRI，也称之为‘三元次图像处理装置’，它可以用生动形象的图像，以立体方式展示出脑血栓和脑部肿瘤的位置。同时还可以做出相应的诊断、处理指示，或是选择手术的模拟方式。目前我已经接近成功了，所以为了进一步提高其精确度，我每天都在大量地消耗着自己的脑细胞呢！”

“啊！”

阿梶不停地发出惊叹，并用手掌拍打着自己的脸。

“别听他那么说了。阿梶先生也许懂不少的呢。我丈夫到底干的是什么，我可从来没有打听过呢！”

千卷在旁边插了一句。

“不，不，不好意思，其实我这个人对计算机一窍不通呢！”

阿梶连忙摇摇头，摆摆双手，芦田则不动声色，矜持地微笑着。但是，从芦田那双副镜后面射出的目光里，闪烁着对阿梶这种竟然对计算机一窍不通的人的怜悯和蔑视。

“不过嘛，您在自己的书房里也有一台大型计算机吗？”阿梶似乎并没有察觉到芦田对自己的蔑视又问道。

“不，我那里连一台缝纫机都没有，只有一个工作台和两台个人计算机。复杂的计算还是用公司的大型计算机好。仅仅设计使用个人计算机就足矣了。”

“过去我也看见过用计算机设计图形的，可他整天盯着这些东西也不厌烦，可真是个对工作对计算机有特别爱好的人啊！”

千卷对丈夫笑着说道，也许她的话中夸赞的成分要多于嗔怪吧。

“哎呀，光顾说话了，快点吃饭吧！请这边来。”

芦田站起来催促着阿梶。

“真是的，光顾说话了。那么，阿梶先生，您有什么爱好？”

千卷问道。

“我一天到晚瞎忙，什么也干不了。不过，我偶尔去山里打打猎。”

“用猎枪吗？”

“是的，是散弹枪。”

阿梶答道。

“啊，这才是男子汉的爱好嘛！”

芦田揶揄了一句，并看了看阿梶那瘦弱的身材。

千卷把阿梶的椅子向餐桌前靠了靠。餐桌上摆的是千卷最拿手的法国大菜。

“都不是什么好菜。”

“哪里，哪个菜都那么漂亮！我可从来没见过这么丰盛和出色的菜呀！”

阿梶赞叹不已。

“我是不是可以亲眼看一次夫人做菜？”阿梶又问了一句。

“不，不，这可不好意思……”

“不，一定要让我开开眼，那么，什么时候……”

“要不然定个时间……”

“啊，既然这样就依您的吧。”

千卷好像没法拒绝了似的，其实她心里何尝不想露一手呢！

“正好刚搬了新居，最好早点儿让我们见到你的那一位。而且今年正好是我们结婚十周年。”

说完，千卷情不自禁地用双手搂住丈夫的双肩，从后面把自己的脸向丈夫靠过去。

她可从未在外人面前做过这种动作，而且又是在这么一位并不相熟的客人面前。

千卷也为自己这么唐突的举动而有些脸红，连忙用双手捂住了自己的脸。

自己怎么会突然做出这样的举动？

千卷的心里也十分奇怪。

过了一会儿她仍不明白，不过，两个月后，她注意到了其中的一个理由。那是她不曾料到的，然而也是十分可怕的……

第二章　镇　纸

1

从4月开始，每个星期六的下午3点到5点30分，千卷都要去附近的稻城县的市营球场，在网球爱好会教练员的指导下练习打网球。

那时她还没有正式加入网球爱好会的资格，但实际上她从中学一年级开始就经常打乒乓球、羽毛球和网球；在上短期大学时，她还曾经作为关东地区学生网球选手参加过比赛，并取得了不错的成绩呢！

短大毕业后，她在一家陶器公司就职，结婚后仍然喜爱打网球。

府中市市内就有一家私营的网球俱乐部，三年前搬到这儿的新家时，那里正好有一个空额，于是她便加入了这家俱乐部。

这家私营的网球俱乐部集中了大学网球系的在校学生作为教练，全是日本排名靠前的女选手，所以会费相当贵。

而网球爱好会的主要成员是家庭主妇和从各个运动队中退役的三四十岁的运动员，因此不可能付出高薪雇用在校学生和职业教练对她们进行指导。

目前爱好会的教练是一位大学里取得了选手权的女学生，但她因为分娩而休了假，于是她便推荐她认识的千卷代替她指导爱好会的人。

这样，每天下午从3点到5点30分，千卷就必须去那儿“工作”，但后来因天气炎热，中间休息的时间长了，结束的时间也相应延后了，加上训练之后要洗澡，再喝点茶休息一会儿，因此每次回到家时都6点多了。

5月13日这天也是星期六，千卷6点15分左右离开了俱乐部，开着那辆宝马车行驶在回家的途中。

从稻城到府中的家，在交通拥堵的情况下要十五分钟左右。

在天色还不算太暗的空中闪烁着点点繁星，车子开往农工大的方向，一上了窄窄的土路，前面就是一片片的森林和树木的阴影，就像驶入了乡间小路一般。

在旱地的前方并排着两幢住宅。在住宅的前方是一片从4月中旬开始动工的建筑工地，好像也是一栋住宅模样的建筑。

与其相邻的是阿梶的那栋住宅，不过这会儿他家里好像还没有开灯。

千卷家门眉上的灯已经亮了，起居室里也露出了淡淡的萤光般的光亮。那是她出门之前打开的。

芦田在家里一定都饿了吧。

千卷把车开进了车库里。平时芦田大体上都是在7点左右吃晚饭，自从千卷去了网球会后，晚饭时间多少都要晚一些，刚开始芦田也没有意见。不过，日子一长，芦田就不耐烦每次都要饿着肚子等千卷到那么晚。但他通常不会有那么强烈的食欲，这也许是因为芦田总闷在书房里发愁研究不见进展的缘故吧。

千卷下了车，听到从农场方向传来了“咩咩”的山羊叫声，初夏的空气中不知飘过来什么花香，和着山羊的“咩咩”声，使人产生一种恬静和谐的感觉。

千卷从门缝儿下边取出晚报，上了台阶从窗户缝儿里向屋内张望着。

起居室里看不见丈夫的身影。于是，她便从运动包里取出了钥匙，打开大门。

千卷来到了起居室，把灯打开，又推开了里面的门。她发觉门厅右侧楼梯旁边的书房，门关得紧紧的。

“我回来了。”

千卷朝着书房方向说了一句。可没有人回答。不过，当丈夫埋头陷入沉思和研究时，他常常也不回答。

于是，千卷便打开了电视机，穿上围裙来到了厨房。她出门前已经事先准备好了法式鱼排和蒸鸡蛋羹，以及凉拌菜，因此她打开烤炉取出菜肴，然后往凉拌菜上洒了各种佐料后就盛到了盘子里。

每天的晚饭，两个人都有喝点儿葡萄酒的习惯。

当她向餐桌上摆放食物时，电视台的新闻节目也结束了。

千卷离开了餐厅，把刚才扔在起居室的运动包拿到了浴室里。她把被汗湿透了的运动衣扔进洗衣机里，然后把球拍放到了走廊的衣帽架上，又回到了起居室里。

千卷坐在沙发上，看电视新闻播完了，便拿起了晚报。

她慢慢地翻看着，一会儿看看“今日见闻”和“记事”版块，一会儿又看看电视节目的栏目。突然，她在今晚的“外国剧场”栏目里看到要播出《计划A2》。

当千卷从报纸上抬起头来时，正好是7点45分。

“太晚了！”

千卷叹了一口气便从沙发上站了起来。平时丈夫工作再晚也不过是7点半钟，然后就会来到起居室里，要不就是千卷在这个时间里把他喊出来。这是他们之间早就“定下”的规矩。

不过，也许刚才自己进门喊他时他没有听到。

于是千卷又来到了书房的门前，当她把手伸向书房门的金黄色门把手时，她突然停了下来。

她把眼睛靠近了仔细观察。

平时锃亮的门把手今天有点儿异常，看上去不那么闪亮。像是被什么污染了。

千卷不禁皱了皱眉头。

上面是什么东西？

丈夫又用手碰什么黏糊糊的东西了？

于是千卷只好用手指头按在门把手上，把门轻轻推开了。

书房里亮着一盏小灯。

在朝着院子的工作台上面放着一台小型电视机模样的显示器，并与一台计算机主机相连，还有彩色打印机、传真机、调制解调器等等，完全像一个仓库似的。现在芦田有什么事也不常记笔记了，而是把图形和文字记录在计算机里。这时的显示器还亮着，似乎仍在工作中。

两侧还各有一台个人计算机。

许多书本和计算机的软盘都放在靠在墙边的一个书架上。上边还有一些书籍、资料和国外的专业类刊物。旁边的一张办公桌上也堆放着这些东西。这间有八张榻榻米大小的西式房间里，在任何时候东西都只多而不乱，这是芦田的性格决定的吧。

千卷又稍稍增大了音量说了一句，可还是没有看到丈夫的身影。

肯定是在里边的小休息室里休息呢。有时他会躺在那儿等千卷叫他去吃饭。

那间小休息室的门开了一道缝儿，里面却黑着灯。

千卷绕过办公桌，小心地走过去。不料踩在了一件什么东西上。她马上低头仔细看了看。

这是一件青铜镇纸，是一个断面呈三角形的棒状物。千卷记起来了，这是某家大型计算机公司送给芦田的纪念品。

当千卷打算弯下腰去捡起来时，忽然注意到散落在地上的东西。原来是平时芦田工作中用的咖啡杯、专门用来吸桌上的灰尘和橡皮屑的小型手提式吸尘器、小型订书机和盒式录音带。不知为什么那只小型手提式吸尘器像被摔过似的已经半开着大口子，那只小型订书机也被扔在墙角处。

千卷感到十分奇怪，她便从地上拿起了那个镇纸。

青铜镇纸从正中到一端像沾上了什么东西。千卷仔细一看，黏糊糊的像是黑褐色的污渍，好像和刚才门把手上的东西差不多……

“你……”千卷又叫了一声，“你在哪儿呢？”

大概芦田这会儿刚好睡着了吧？他对工作太痴迷了，常常在累了的时候在这间小屋子里打个盹。

千卷尽可能这样平静地想道。

不过，她马上又产生了一种奇怪的想法。她常常在报纸上看到这样的消息：外出回来的人发现家人被歹徒杀害。是不是自己刚进门时产生的那种感觉应验了？！

于是，千卷把手搭在这间小屋子的门把手上，这扇门是朝外打开的。

里面只放了一张单人床，墙上还有一面镜子和挂毛巾的横杆。有一盏小灯亮着，但平时挂着的毛巾不见了。

和她想象的一样，芦田果然躺在单人床上。和白天一样，他穿了一件茶色的夏季衬衫，白色的西服裤，整个人蜷在被子上。

由于他的脸是伏在被子上的，当千卷把脸凑近了的时候，突然看到在他的衣领和被子上有醒目的鲜红色点状印迹。

“你，怎么啦？！”

千卷急忙去摇晃丈夫。和她刚才预感的一样，这次丈夫不仅是沉睡过去，而且永远不会醒了吧。

2

千卷马上向府中警察署打电话报了案，号码在家里的记事表中记着。

警察署位于车站附近的甲州街道上。8点刚过就赶来了四名刑警。

他们听取了千卷的大致报告后，便马上去了书房，检查现场，接着一个人用起居室的电话向署里汇报。

这时又赶来了几名身穿制服和便服的警察，在书房的地面和入口处铺上了一些纸，又用绳子把门口拦了起来，家里顿时变得戒备森严。

刺耳的警笛声划破了这一带的寂静，警车很快就停到了门前。几名身穿深红色西服和蓝色工作服的人员，大步走进书房里。

千卷只是呆呆地坐在起居室一个角落里的椅子上，迷迷糊糊地看着这些人忙碌着。她心中十分害怕，害怕自己会突然大声喊出来，或是做出什么过激的举动来。她死死地把自己“压”在椅子上，以免真的会突然冲向什么地方。

而另一方面，眼前发生的这一切，仿佛是梦境一般，好像自己的身体变成了别人的，心中有种奇妙的感觉。

正在她胡思乱想的时候，一个身穿深红色西服的身材魁梧的高个男人朝她走了过来。

“夫人，心情好一点儿吗？”这个男人躬下身子，冲着千卷轻声问道。他的声音低沉而粗重，“我们会尽可能简短地问您的。”

千卷恍惚地点了点头。

于是，他便坐在了千卷的斜对面，另一个年轻一点儿的刑警也拉过了一把椅子，坐在了千卷的对面。

“我是府中警署刑事科长，我叫森兼。”

他自我介绍之后，便用审视的目光迅速扫视了一下千卷。

“你丈夫叫什么？”他接着问道。

“芦田和贤。”

“多大年纪？”

“38岁。”千卷无力地答道。

“做什么工作？”

“在一家叫AD的医疗系统研究公司里工作。从事系统研究和计算机软件开发的工作，几乎都是在家里‘上班’的。”森兼不停地向千卷问着各种各样的问题，对面的那个年轻的刑警不停地在笔记本上记着。

“在家上班，其他职员也都这样吗？”

“不，别的职员一般都……”

“好，请夫人告诉我您的姓名和年龄。”

“芦田千卷，34岁。”

“您是做什么工作的？”

"我不工作……不过，现在临时在一家网球俱乐部当教练……正好是去上班的时间……"

"嗯。从您回家到发现……这个事情，这段时间里都发生了什么您能不能详细地讲讲？"

于是，千卷便把6点半到家，准备饭菜，又去书房里叫丈夫的事情，按顺序讲了一遍。

"我看地上散落的东西很奇怪，便推开了书房里的那间小屋的门……"

当千卷说到她想把丈夫扶起来而怎样都扶不起来时，眼泪突然夺眶而出，进而失声痛哭起来。当时她丈夫的头的左侧有一处十分严重的外伤，她摸到丈夫的脸和手脚都是冰冷的。当她把手放到他的嘴和鼻孔处时，发现一点儿也没有呼吸。于是她连忙赶到起居室，拼命地给府中警署打电话……

说到这里，千卷突然意识到，当时自己立刻意识到丈夫已经"死"了。理性的驱使下她没有给医院，而是打给了警察。那时她的感情已经完全封闭了。现在想起来自己也感到奇怪；当初为什么没有马上给医院打电话，难道已经知道丈夫不可挽救了吗？

"大夫……我是说警察的大夫……叫什么，法医，来了吗？"千卷仍无力地问道。

"法医好像大致检查完了。"森兼平静地答道。

千卷抬头盯着森兼。

"死因是脑挫伤，或者说是由于脑部外伤，引起大量失血。详细报告要等尸体解剖后才知道。现在看来，这是被人用钝器猛力击打头侧部两三次造成的。"

"……"

“死亡的时间嘛，据推断是今天，下午4点至5点之间……”

致命伤、推断死亡时间等等这些专业术语从森兼的口中说出来，显得那么平淡。

一股无奈的绝望，压抑在千卷的心头。她感到像是被抽去了全身的力量一样绵软无力，她伏在桌子上又痛哭起来。

森兼坐在一旁，任凭她哭，而默默地等着。

“那么，夫人，您今天是什么时间离开家的？”

森兼问了两三遍，千卷终于开口了：“2点半左右……”

“您丈夫就一个人留在了家里？那么，您知道家里要来什么客人吗？”

“不，没有……”

“会不会记不起来了？”

“……”

“夫人您外出的时候，带着大门的钥匙吗？”森兼又不停地问下去。

“是的。”

“要是出门后有人来呢？”

“书房可以听到门铃声，那样我丈夫……”

“那么，刚才您说您回来的时候，看到似乎有人来过的迹象？”

森兼问罢，环视了一下起居室，并走到门口向厨房看了看，意思像是在提醒千卷。

“不……只是喝茶……”

“什么？”森兼不解地问了一句。

“我丈夫有一个习惯，在下午3点左右要喝下午茶。”千卷呜咽着说道，“我……在我出去教网球的这段日子，都在起居室里事先为他准备好；今天我出门前为他准备了苹果馅饼，并沏好了咖啡，可我回来一看，馅饼被吃掉了，咖啡好像被端到了书房里，平时也是这样。因为他要在那儿喝第二杯咖啡……”

刚才那只空了的咖啡杯还滚落在书房的地上……

“您丈夫常常把客人领进书房吗？”森兼又问道。

“不，很少。”

“很少？也就是说偶尔也会的？”森兼盯着千卷问道。

“除了与工作有关系的人。比方说公司里来了年轻的程序设计人员和他商量工作上的事情……”

“原来是这样。那么除了工作关系以外的人，您丈夫还领什么人进去过吗？”

“不记得了。”

千卷无力地摇了摇头。

“那么，今天您出门了，若是来了工作关系上的客人，您丈夫打开了大门，把客人让进来，再把门锁上，会这样吗？”

“不，我丈夫这个人办事十分规矩，一丝不苟，同时对人也很戒备，特别是这一带十分僻静，每次都是由我锁门……”

“嗯。那么，如果工作上的客人来了，您丈夫把客人让进书房，商量工作，也许会发生争执，甚至相互投掷东西。书房的地上不是有订书机、吸尘器、咖啡杯子、软盘什么的吗？白天您丈夫工作时，工作进展不下去时也会这样的吗？”

“不，他绝不会的！”千卷斩钉截铁地说道。

“生气，或者发怒的时候呢？”

“不，他也不会的！”

“对不起，他打过您吗？”森兼小心翼翼地问道。

“从来没有。我都从来没有听他大声说过话。”

“是吗？那地上散乱的东西，就是凶手袭击您丈夫时弄的了？特别是那个镇纸，很可能就是凶器。”

“镇纸是凶器……”

“对。平时那个镇纸都放在什么地方？”

“平时……也就放在桌子上……”

“现在上面沾上了毛发和血迹，和头侧部的伤口状态吻合。”

青铜镇纸上那斑斑点点的黑褐色污点，又浮现在了千卷的脑海中。这黑褐色污点她似乎在什么地方见过……

“凶手追逐您丈夫，您丈夫逃到了小屋里，结果被凶手猛然一击，击中了头部。他便倒在了……”

当森兼突然发现千卷痛苦地闭上了双眼，又低下头时，便知趣地马上闭上了嘴。

“也就是这样……那么，刚才我问过了，您从外面回来时，大门的锁肯定是锁上的？”

“是……的。”

“那么，凶手是从书房里没有上锁的窗户逃走的了？”

“不过，我丈夫偶尔也会到院子里去散散步的。”

“这么说，凶手不可能是从院子里逃走的？”

“……”

“因为书房的门把手上也有血迹。”

啊，对了！千卷突然想起来了。

“或者可以这样想，凶手又返回来时，把手上的血沾到了门把手上。那么他的手上一定也沾满了鲜血。而且凶手在扔掉那个镇纸之前也许还擦掉了一部分血渍。因为镇纸的一半干干净净，另一半却沾有血迹。看来他是把自己握过的那部分擦干净了。”

“平时挂在小屋里的毛巾也不见了。”千卷又补充了一句。

“可以这样设想，凶手用毛巾擦去凶器上的血迹，并把自己有可能接触的地方都擦了一遍；临出书房时，却没有用它垫着门把手，所以门把手上沾有血迹。可我们又认为凶手不是从书房的窗户逃走的。”

书房的窗外是一块四五十平方米大小的院子，大部分都是土地，只在院子的一角放着几个花盆，种了几株白头翁、秋牡丹之类的花草。院墙很矮，可以一步跨到农田里去。

这会儿许多灯光都照在刚才还一片昏暗的院子里，穿着制服的刑警们几乎是趴在地上仔细寻找有关足迹和遗留物品。

“假定凶手是从书房来到门厅的话，除了这个门还有其他出入口吗？”

“还可以通过车库……”

“哦？在哪儿？”

千卷挣扎着从椅子上站了起来，来到厨房。厨房里朝北的窗户下边有洗手池和微波炉；厨房门的对面稍左边一点儿，有一个狭窄的木门，推开它就可以到达车库。

“原来是这样。”森兼那锐利的目光一闪，“这个上面没有锁呀！”

“因为不怎么用，一直都是锁着的……可不知为什么打开了，以后也就没在意，就这么着了……”

“夫人，您好好想想，这可是重大的疑点呀！为什么没有上锁？”

于是，千卷绞尽脑汁思考着。

"啊……"想了一会儿，千卷轻声地叫了出来。

"正好是那个时候……"

"什么时候？"森兼急切地问道。

"嗯……那是4月9号，星期日。"

千卷又抬起头，看了一下墙上的挂历确认道。

"那天招待刚刚搬来的邻居阿梶先生，我们三个人在这儿吃的饭。随后，向他介绍我们这所房子的时候，就顺便说了一下这偏门的事情，阿梶先生当时对这个门很感兴趣，他说这个门很矮，并低着头试了两三次……"

"最近搬来了一个邻居？"森兼问道。

"对，是3月底吧……"

"刚一个半月嘛！一家人吗？"

"不，是一个人来的，不过是不是以后要结婚就不清楚了。"

"平时来往多吗？"

"不，几乎不见面。"

千卷特别强调这一点。

"那么，在4月9号让这个邻居参观您家时，书房也让他看了吗？"

"我丈夫打开了房门，他就向里面张望了一下，因为他好像对研究计算机软件的房间很有兴趣似的。随后他又问了一下做菜的事。"

"当时通向车库的门上锁了没有？"

森兼问道。

"锁着呢！因为我们不常走那个门，这一点我记得很清楚。"

"可现在那上面没有上锁呀！这么说，凶手从那儿逃走的可能性大一些。或者说有人更熟悉这所住宅。"

森兼说到这儿，朝身边的年轻刑警看了一眼。

然后又转向千卷问道："夫人回来时，是否注意到除了书房外，其他地方是否也被弄乱了？"

"没有，别的……"

"放现金和贵重物品的地方呢？"

"这儿没有什么钱，都在二楼……"

说着，千卷拉开了厨房里的小抽屉，里面放了一只去商场买东西用的钱包。

为了慎重起见，她打开钱包看了看，不禁"啊"的叫了出声，脸也变了颜色。里面一张纸币都没有了。她记得今天上午出门买了点食品，回来时剩了1万日元，顺手放进了钱包里……

森兼听到这里，便马上要千卷带他上了二楼。

二楼的南侧是一间放有两张单人床的房间。北面是一间有四张榻榻米大小的唯一的日式房间，里面有佛龛和衣柜。

打开这间日式房间的拉门，千卷再次惊叫了一声。

衣柜的柜门和抽屉都被打开了，抽屉里原本放着一只装有30万日元现金的银行信封，此时也已经不见了。衣柜里被翻得乱七八糟的。

"有没有存折和珠宝？"

"在这儿。"

千卷朝卧室里走去。她打开洗漱间，拉开墙上的金属小盒子，里面有大小不同的五个小抽屉，最上面的两个抽屉上着锁。里面放的是住宅合同和人寿保险等证件；下面两个抽屉放着银行的存折，一共三本，都平安无事。

"没有和印章放在一起吧？"森兼又追问了一句。

"没有，说是不要放在一起比较安全。"

“是的。有没有贵重金属？”

“倒没有什么大的物件，不过……”

千卷拉开最下面也是最大的一个抽屉，里面放的是小首饰和宝石盒子。钻石婚戒放在了天鹅绒的戒托上，曾经听芦田说过价格十分昂贵，1.2克拉的，是他送给千卷的礼物。

“没有了！”千卷大声喊道，“钻石……不，还有星彩红宝石……只剩下不值钱的装饰戒指了！”

为了纪念结婚十周年，芦田给自己买的项链被凌乱地扔在了抽屉的一角。

“嗯。”

森兼点了点头。

“如果是窃贼的话，可真够职业的了！除了现金和值钱的东西以外一概不动。”

一直默不作声地记笔记的年轻刑警插了一句。

“应当是从车库的那个门进来，然后上了二楼，物色好东西后，又去窥探书房时被芦田先生发现，两个人争斗起来，然后杀死了芦田先生……也许不是预谋入室杀人案件吧。凶器也是现场的嘛！”

“凶手是在4点到5点还没有开灯的这个时间作案的。夫人离家时是2点半？”年轻的刑警问了一句。

千卷蹲在地上，脸伏在床上又哭泣起来。被他一问，又抬起头来答道：“是的。我出去时，把门外边的灯和起居室的小灯都打开了。”

“也就是说，为了防范，你做出了家中没人的样子？！”森兼有点生气地问道。

“也许有人知道每个星期六夫人都要外出，家中没人的吧？”年轻的刑警连忙插了一句，“但凶手没有料到她的丈夫在家，等他潜入了书房才看到有人在家，这才动了杀机……”

于是，千卷觉得他们基本上都认为是流窜盗窃犯杀人了。不过，听起来这两个人好像更多的是在猜测，而不是下结论。

这么重大的案件，难道就这样处理吗……

“那么夫人，您的这个住所，离其他住宅小区这么远，只有刚才您说的那一个邻居吗？”

森兼指了指西边问道。

“是的……”

“他叫什么？”

“阿梶先生……”

“刚才您说他刚搬过来一个半月？”

“是的，而且就他一个人。”

“再西边一点儿好像又在盖什么呢。”森兼像是在自言自语一样。

这一带没有第三个人，芦田和妻子千卷平静地生活着。如果一直这样下去多好，不过……

大概是在那个叫“阿梶”的搬来之前吧，一种被苦闷压抑的情绪，终于在心中明明白白地复苏了。

这时，从楼下传来了其他刑警的声音。

“好像那个邻居回来了。”

森兼低头看了一下手表：“10点05分了。”

他喃喃地说了一句。

3

千卷和森兼他们从楼上走了下来。

接着，穿制服的鉴别科的工作人员走了上去。他们在边边角角到处搜索着，好像也在采取家中的指纹。

森兼向刚从外边来的刑警打听情况。在附近没有发现什么可疑的情况。

“一直朝北，就是农工大的农场。因为是星期六吧，连个学生都没有……”

“只有一匹很大的马在院子里，可总不能问它……”

“另外，在东侧有三栋建筑物，是大学的员工宿舍和国际会馆，还好是一体的。而且都是钢筋水泥的建筑，旁边有一条小河和一片杂木林，也不像有人的样子。目前了解的只有这些，还看不出有什么可疑的地方……”

看来刚才的搜查一无所获。

“那么，那个叫阿梶的邻居，刚刚回来吗？”

“是的。”

这名刑警答道，他还没有来得及报告。

当森兼朝大门口走去时，阿梶就站在开着的大门口。

“夫人……”

阿梶看到了站在森兼身后的千卷，脸上一副像是要一探究竟的表情。可能是他看到千卷家门前用警戒线拦着禁止入内，并被要求进来接受询问吧。

“您丈夫怎么会遇上这种事情？！”

千卷只是默默地低着头。

“你是阿梶先生吗？”

森兼问道。

“是的。”

阿梶回答道。

“对不起，你在哪儿工作？”

“美和综合管理服务公司。”

“今天也上班吗？”

森兼追问道。

“是的。公司星期六不休息；不过，今天下午2点我因有事去了热海，不在公司。”

阿梶用有些冒失的目光盯着千卷，大概他对一个刚刚失去丈夫的妻子有些看热闹的兴趣吧？

“有事去了热海？”

“是的，我母亲60多岁了，一个人住在那儿，刚好身体有点儿不舒服。”

“从公司回家后去的？”

森兼的话中明显带着审查的味道。

“不，我从新宿的公司直接去了东京车站，乘坐3点32分的‘回声’号。”

“几点到的热海？”

“走新干线，用了五十分钟左右。”

“是4点20分左右到的？”

站在旁边的刑警插了一句。

“是的，我在家待了三个小时，8点多返回来的，这不刚刚到家……”

“这么说，阿梶先生是今天早晨离开家的了？”

“是的，7点50分吧。和平时一样。”

“上午没有回来过？”

“没有。”

阿梶果断地答道。

“最近在你们住的地方，发生过什么可疑的事情，或是有什么可疑的人走动吗？有印象吗？”

森兼问道。

“啊……不太注意，我来的时间不长……”

“你刚才回来时，回自己家了吗？”

“是的，可后来我看这儿乱哄哄的……”

“好了，去看看你家里是不是也被盗了，请带我们去看一下。”

说完，两名刑警便催促着阿梶走了。

“夫人，累了吧？不过，我再问几句。”

森兼让千卷坐在刚才的位置上，自己也坐在了她的旁边。

“您丈夫是从事医疗计算机软件开发和研究工作的，允许在家中‘上班’，这肯定是得到了公司的特别优待。那么，您知不知道公司里有谁嫉妒或是因此憎恨他呢？”

“我认为我丈夫不是那种遭人恨的……”千卷再次哭泣着答道，“我丈夫的父亲就是个大夫，当年他也考入了大学的医学系，由于应付不了当大夫后的复杂的人际关系，又特别喜欢物理、机械这类的工作，便又转入了理工系。在计算机软件开发上，他在中学时代就能使用计算机语言，利用个人计算机进行天文学中的天体运行计算，并根据这些数据进行分析……”

芦田对此曾十分骄傲，千卷问过好多次这类的问题，而芦田总会用她能懂的语言给她讲解。

“这么说吧，我丈夫更愿意研究与神打交道的事情，而淡泊与人打交道的事……我丈夫最不高兴的事情是……”

“没有竞争对手？”

森兼说了一句。

“这我可不知道，他从不对我说公司里和工作上的事情，不过，我不记得他说过有竞争对手之类的事儿……”

森兼紧紧地咬着厚厚的下唇，盯着千卷又问道：

“夫人，有一个不好问的问题，您和先生夫妻关系怎么样？”

“……”

“例如，您丈夫有什么关系特别的女性朋友，最近您有没有这方面的察觉……”

千卷压抑着心中的悲伤，慢慢地摇了摇头。丈夫活着的时候，要是卷入这样的纠葛，那倒好了……

“书房里面是您丈夫专用的休息室吗？”

“是的，当他工作过度疲劳时就在那里躺一会儿。当初还是请求房东同意我们才进行了改建的。他是说如果累了再上二楼休息，思路就会被打断……”

“原来如此。一个发明新软件的学者居然考虑得这么周密。”

森兼似乎是明白了什么似的点了点头，嘴角残留着微笑。过了一会儿他又说道：

“不过，在我们调查别的事件中，也知道有的专家、学者会离开家去写论文什么的，也就是把床安在单位。据说是为了研究时方便休息，但实际上，却另有用途。”他顿了顿，继续说道，“其实每天都是年轻的女秘书在身边，于是那张床就名正言顺地有了‘休息’的用途。”

说到这儿，森兼故意流露出猥琐的笑容，实际上他是想观察一下千卷有什么反应。

千卷不动声色地摇了摇头。

“好了，今天您也太累了，先冷静地考虑一下再说吧。”

森兼又恢复了认真的表情。

“关于发生的这件事，夫人如果回忆起什么线索，请通知我们。”

“……”

“哪怕是特别微细的情节。”

这会儿千卷满脑子像灌了铅一样，什么都想不起来。

“在你们最近的生活中，有什么特别的或者不一样的地方吗？”

千卷停了一会儿说道：“新搬来了一个邻居也算吧？”

“就是那个阿梶先生吗？”

“他就一个人住在那，不会太奢侈了吗？”

“刚才他对我们的人说，他打算把热海的老母亲接来住。”

“真的？”千卷情不自禁地瞪大了眼睛，“我可从来没听他说过呀！因为他要打算结婚，而且要一个新居……”

说到这儿，千卷像是完全从痛苦中恢复过来了似的，充满愤怒。

如果这个阿梶不搬来就好了。

都是因为这个人的到来，才发生了这样的事情！

4

在大学的法医学教室里解剖了芦田的遗体。这是在5月15日星期一的下午。

“死因还是由于那个青铜镇纸击中头侧部，造成了脑挫伤。而且凶手为了将其致死，还打了第二下……”

森兼把遗体护送回千卷的家。由于在大学的解剖室千卷也听了执刀的教授的说明，因此森兼不必过多地解释。

“死亡时间也和那天推算的差不多，从他3点钟吃了馅饼计算，正好是食后两小时，也就是下午5点到6点之间被杀害的。”

“他们进行了激烈的搏斗？”

“是的。但搏斗的时间不太长，因为如果那样的话室内应当更加凌乱。当然，不能排除您丈夫没有料到对方会下如此毒手，而麻痹大意了。凶手也可能是流窜犯；也不排除因为别的动机杀死了芦田先生，同时盗走了现金和首饰等。”

“别的动机？”

千卷陷入了沉思之中。

“例如工作上的竞争对手出于嫉妒，或者是其他什么原因。芦田先生体格比较健壮，不过，也不能排除是女性作案的可能……”

“我丈夫唯一的兴趣就是从事计算机软件的研究，如果有情人的话……”

“不，我们不是特别看重女性凶手这条线索，我们认为由于工作上的竞争或是因为什么积怨甚深的可能性更大。”

森兼解释道。

“工作上的事情，我从来没有听我丈夫讲过，因为他认为说了我也听不懂，索性就不对我讲公司里的事情了……”

这样的妻子倒是十分放心，看上去千卷的口气十分坚决，不过……

“听说AD医疗行业内部，为了竞争投入了很大的力量，因此，许多企业都积极打探各方面关于医疗医药科技软件开发的情报。这一点任何机构都不掩饰……”

森兼一边用他那硕大的拳头捶打另一只手的手掌，一边在书房里踱来踱去。

芦田的遗体被暂时安放在起居室里，准备明天安葬，而后天要去府中市市内的寺院里举行告别仪式。

参加这些仪式的人，以惊人的速度得知了这个消息，其中有几名是芦田和千卷的亲戚。芦田的姐姐正在赶来的路上，代替千卷应酬各位来宾。

这时，千卷突然听到从起居室那儿传来了阿梶的声音，心头猛然一紧。

“对阿梶先生也进行一般性调查了吗？”

听到千卷问这件事，森兼像是十分感兴趣似的眯起眼睛看着千卷。

“不，我们认为对阿梶先生没有特别的必要。不过，他毕竟是事件发生的一个半月前突然搬来的人啊。能不能讲一讲他搬来之后和你们变熟悉的过程中发生的各种事情？”

“重要的事情也就这些，在3月份最后一个星期六，他来拜访我们，说第二天要搬过来，可搬家时又没有什么帮忙的人手。两个星期后的星期日也就是4月9日，我们在晚饭时招待了他，就是这些。以后基本上就是在外面遇上时打个招呼什么的，再就是托他带过冈山的特产桃子。”

“他有没有过不自然，或者是有意识地打探过你们家内部的事情，或是对夫人您有过亲昵的举动？”

“啊……啊，没有，可没有这种事情！”

“当然，我们也还要继续调查那个男人的背景关系。”

“……”

“梶行雄，1957年生于埼玉县，其父是地方公务员。在他少年时代一家三口便一直居住在东京北区王子町。他毕业于东京一家私立大学的经济系，毕业后在一家商社工作。但五年后因身体情况不好辞职。现在又在美和综合管理服务公司就职。当年他辞职的理由是工作强度太大，跟上司关系紧张，以致引起胃溃疡。这些都是他本人讲的。我们认为对这些情况有必要进行进一步的调查。”

森兼说道。

“这些话我好像也听他讲过，是那天晚上一块儿吃饭的时候。”千卷似乎也回忆起来了，“阿梶先生说他搬到北区之前，在西久保巴町住了二十多年，还在鞆绘小学上了一年学。由于我丈夫也是那儿的人，也毕业于同一所小学，所以他们聊得很开心呢！”

“西久保巴町的鞆绘小学。”

森兼一边重复一边兴奋地记了下来。

“这个线索我们还不知道啊！哎呀，要是短期搬迁可以不改变户口地点，要马上查一查看看。”

这样看来，阿梶也有可能是详细地了解了芦田的经历，然后编造一套上过那所小学的谎话，骗取他的好感。

这个想法突然在森兼的脑海里闪过。

这时，千卷也想到了这一点，她抬起头来看了看森兼。

但森兼似乎没有察觉千卷的这个反应。

他慢慢地合上笔记本说道："不会嘛，一方面还没有查出阿梶先生对芦田先生有仇恨的理由，另一方面他也有'不在场证明'。"

"'不在场证明'都调查过了？"

千卷吃惊地问道。

"为了避免徒劳的搜查，首先对有关人员进行'不在场证明'的调查是我们的办事原则。所以，很对不起，对夫人您的'不在场证明'也要进行调查。"

"……"

"像您说的那样，您在那天下午2点50分左右到达了稻城县网球场；当时有五六名会员在场。结束教学后洗澡时是5点40分。后来您在球场旁边新开的冰淇淋店喝了咖啡，然后开自己的车于6点15分到了家。我们经过对几个人的调查证实，您的这个'不在场证明'可以成立了。因此，至少我们可以排除是夫人自己下手杀害了您的丈夫。"

森兼十分巧妙地用"夫人自己"这个词，来加重语气，并在嘴角流露出了一种奇妙的微笑。因为最近以来，屡屡发生妻子为了得到人寿保险金，与情夫合谋杀死亲夫的事件。

"那阿梶先生的'不在场证明'呢？"

"他的证词也有好几个人证实了。事件的当天，他乘3点32分由东京开出的'回声'号列车，4点19分到达热海。其母家位于车站北侧桃山的高坡地区，乘出租车十分钟即可到达。他的母亲证实儿子是5点前到的。——不，我们知道，这种具有血缘关系的亲属的证词是不可靠的。不过，除此之外，还有其他几名证人……"

阿梶按列车预定的时间到达了热海。他一出火车站，就和一家他认识的旅馆的老板娘打了招呼。因为当时那个五十多岁的老板娘正要带一个二十五六岁的女服务员去伊东办事，正好来到车站。于是他们说了几句话。阿梶所在的公司每年都给员工带薪公休，他到热海来过两次，每次都住在这家旅馆里。

由于老板娘她们乘的车还没有发车，他们便在候车室里说了会儿话。阿梶是4点30分左右和她们分手的。然后上了出租车……

“我们马上派人去了热海，调查了他的证词。那是一家叫‘红梅苑’的旅馆，占地相当大，是一家老字号了。老板娘叫柴田笃子。她证实了阿梶讲的那些话。阿梶从车站出来时是4点20分左右，是老板娘看到了阿梶并喊住他的。阿梶也十分惊讶，他们本想喝点儿茶聊一聊，可伊东线的列车是4点37分发车，他们便站着聊了一会儿。在这期间，老板娘带的那个女服务员山根阳子去买的火车票，但柴田笃子在4点30分送阿梶上了出租汽车，才和阳子一块儿检票进站，这就是这部分证词。”

“……”

“下午4点半他在热海，这一点就有重要意义。也就是说，如果4点19分他在热海车站和熟人见面，又马上分手；假如他迅速走到相反的方向，乘4点23分开回东京的‘回声’号也不是不可能的。那么他将在5点16分到达东京。坐中央线到达国分寺站要四十分钟，坐出租车也得6点多到家。这种可能性是存在的。芦田先生的法医学死亡鉴定时间是5点至6点之间，但实际与这个时间要有些出入。因此阿梶先生的‘不在场证明’还不是十分严密的。不过，他在热海车站待到了4点30分，接下来只有4点50分的返回东京的列车，那么他最快也只能在5点44分到达东京。这样一来，到夫人您6点半回到家时结束作案是无论如何不可能的。”

“这也就是说，阿梶先生不存在袭击我丈夫的动机，而且也有他的‘不在场证明’了……”

“对，至少目前是这样的。”森兼果断地说道。

“那么……为什么那个人急急忙忙地搬来呢？”森兼像看一个年幼的小姑娘一样注视着千卷，“是不是你过于注意新搬来的这个邻居了？”

第二天，也就是5月17日星期三，位于府中监狱附近的古老寺院里，从下午2点开始，进行芦田遗体的告别仪式。

由于最近监狱都加高了水泥围墙，并让服刑人员在围墙外边描绘了许多漂亮的轻淡色彩的画，因此不知道的人见了以为是游乐场呢！

寺院位于距此往西三公里的国立市附近，三代都是这一带大户人家的芦田家族，与这个菩提寺很相熟。

这一天，从一开始就下着小雨，天气有些寒冷。

聚集来的人们，是从事AD医疗设计的人员和芦田的朋友，这些人几乎都是男性，有五十多人。

具有高贵气质和学者风度的芦田，虽然并不是那么傲慢，但也绝不是那种人缘很好的人。

念完经后，参加葬礼的人依次上香，并向死者亲属们行礼。

亲属席上的人有芦田的双亲和姐弟，千卷的母亲和弟弟。在这些亲属中，千卷站在最前边，向前来参加葬礼的人一一还礼。

当香烧到一半时，仪式就基本结束了。

“非常感谢各位。”

千卷又一次深深地低头行礼后，心不禁“怦怦”地剧烈跳动起来。

这是个四十多岁的男子，瘦高的身材，穿一套黑色西服。由于黑西服的衬托，那张原本就不明亮的脸越发显得晦暗了。一刹那间，千卷觉得这个男人仿佛是黑暗中的影子一样。

在碰上千卷的目光之前，他就一直闪躲着自己的目光，并将上半身向前倾着。当他看到千卷后，便迅速穿过人群，朝走廊外走去。

深深的眼窝，尖尖的下巴，这些特征一一在千卷的脑海里闪过。她感到这个人十分眼熟。终于，脑海里一道闪电闪过，使她大吃一惊：就是他！

那时……在那家饭店的大厅，丈夫芦田就是和这个男人说话的。

那个地点，当时的气氛，还有那天和自己丈夫样貌十分相似的男人。

“去美加的公寓回来时……”

千卷的口中喃喃道。她同时机械地向一一走过的人们低头还礼。

那天确实是2月9号星期三，是丈夫去公司的日子。

会不会就是从那天开始发生了什么？

突然在吊唁的人群中发现了一个也许与此事有关联的人物，这是不是在故意勾起她的记忆？一定要查明这场不幸的原因！

也许这是一个正确的方法！

千卷忘了自己要干什么了。她要好好地思考。

第三章　影子合同

1

最后一个人敬完香，千卷转过身来，她知道在这样的场合绝对不能性急，便在亲属席上留了下来。

那个男人还在这儿吗？

千卷的目光在走廊外的人群中来回扫视着，但她终于还是没有看到那个一副晦暗面容、长着猫般背影的男人。

租来的汽车把参加葬礼的人都拉走了，但大道上依然停着一辆辆的出租车。

“啊，竹宫先生！”

千卷朝一个打着伞、正从寺院里走出来的男人喊道。他是与芦田同一所大学医学系同年毕业的同学，现在是国立大学的副教授。

千卷对这位气色颇佳、个子不高的竹宫再次还礼，感谢他来参加芦田的葬礼。见到千卷，竹宫悲痛地皱起了眉头。

“真不敢相信这是真的呀。——那么，警方的调查有进展了吗？”

“好像还没有。我还看见了其他几位芦田在医学系的同学，可我记不起他们的名字了……”

千卷说道。

“哦，有我、间渊，还有阿达，一共来了三个人。”

“不，还有一个人……”

千卷把那个男人的特征对竹宫描述了一下。

“猫背、高个子，体形很瘦……”

竹宫歪着头想了想。

“我们医学系里和芦田最要好的只有三个人，个子都不高，人们都说我们四个人就像城墙的四个城垛，十分稳固……”

“是不是住在三鹰的那位……”

“我一点儿也没有印象呀！”

竹宫又认认真真地思索了一会儿。

“我刚才说的是假话……”千卷心中说道。

千卷一边回到大厅一边还在想着。

芦田说是医学系的一个同学，由于小餐馆里人太多了，他们就去酒店的大厅里聊了一会儿。

“他的家住在三鹰，还说要回家等着和全家人吃饭呢！”

干吗要去那家酒店，小的饭店不远就有，还有公园里……

只有一种解释，那个男人根本不是他的什么医学系的同学，而是另外一个身份，而且他们不是偶然遇到，肯定是有什么事情才见面的！

是事先约好的？

那么为什么要选择那个场所？

涩谷如果是一个理想的场所，再好一点儿的酒店和小餐馆有好几家。不一定是特别好的，但丈夫喜欢明快、气氛好的地方。

千卷十分明白丈夫芦田的性格。

由于芦田的父亲行医，因此家境比较富足，家教也比较严格。丈夫小学上的是区立小学，从中学到大学都是当地一流的。高中毕业后就考入大学的医学系，后来又转入理工系，专攻计算机。进入AD医疗设计公司后，他以优异的成绩在行业中引人注目，同行的人都在关注着他的研究进展。

大概是由于有这个经历吧，他无论做什么事情都选择档次高的、环境好的地方，当然工作也要出类拔萃。例如他因故外出时，情愿饿肚子也绝不去卫生条件差的餐厅吃饭。如果要接待朋友，当然一定要去品位高的地方了。

这也几乎成了他的特点。

然而在那种酒店，与那种行为可疑、满脸透着不健康的人在一起，他一定是十分反感的。千卷对这一点再明白不过了。

那就是说地点是对方提出来的了？

为什么芦田没有提出变更一下地点？也许芦田认为地点不好，再换一下担心被人发现？也就是说，对方专门选择了芦田那类人不愿出入的地方？

在寺院里要过完了“头七”，而且要守夜结束后，千卷她们才能回家。

于是，千卷的母亲陪她留了下来，其余亲属都先回去了。

十分疲倦的母亲睡下后，千卷回到了书房。虽然她也非常疲惫，但不知是什么冲动使她毫无睡意。

首先，她找出了芦田医学系的毕业照。和她预料的一样，照片里根本没有那个男人。

接下来她又查了一下名册。里面也根本没有一个住在三鹰的同学。

这时，她心里突然一怔，何不看一下今天的来宾登记本？上面都记着来宾的姓名和住址呢。

千卷的女友们有一个人住在三鹰，此外据她所知再没有其他人了。竹宫说医学系来了三个人，他、间渊和阿达。芦田在四年的医学系学习期间，经过了国家的考试，却没有进大学附属医院，这也许是因为他的同学中多是理工系毕业的缘故吧。

这就是说，那个人肯定不是医学系的同学了。那天说是偶然碰上的，也是假话。

为什么丈夫要对自己撒谎？

结婚十年来，这是她唯一一次看破丈夫的假话。

这是第一次也是最后一次吗？

那么那次会面与这次事件有什么关系吗？

千卷躺在床上，两眼怎么也闭不上，她死死地瞪着黑暗。

丈夫死后，这是她第一次回忆起丈夫时没有流泪，也许是泪都流干了吧？千卷在潜意识里告诉自己一定要尽早抓住凶手。

当然，警方也设立了侦查总部，并投入了大量的侦查人员。不过，仅依靠警方是不够的，自己也要竭尽全力，哪怕拼上性命也要弄个水落石出。

被夺去了自己所爱的人的亲属们，也投入了全部的力量积极参与。

千卷已经绝望了。

但她又意识到，自己无论如何也不能陷入绝望。

这与爱得深不深是两回事。

也许为此而陷入巨大的悲痛之中的，只有千卷一个人吧？她是几乎耗尽了全部心血之后，带着巨大悲痛，几乎要想随他而去。难道这还不算是爱吗？

不过，说到爱，好像自己并非如此。

在周围的人看来，自己肯定是一个离了丈夫就再也活不下去的妻子。连千卷也在突然有了这种意识时吓了一跳……

除了警察和千卷之外，还出现了另外一个人。

告别式之后的第二天，即5月19日星期五，AD医疗软件设计公司的宗方打来了电话，这个人也是从事开发研究的。但他更关心芦田的开发研究，因为他是芦田的上司。

事件发生后，宗方也来过好几次，而在这之前千卷也曾见过他几面。

在电话里，千卷首先对前几天他来参加告别仪式致谢。

“后来查找凶手有眉目了吗？”

这是第一次听说这件事的人的问法。

“好像报纸、电视台和广播电台都没有什么新的消息。”千卷答道，“一天里我总去问警察，有没有什么新的发现，可他们似乎也是一无所获。”

“警察嘛……亲属们找到什么线索没有？”

“没有。倒是新闻记者们总来打探消息……”

千卷向宗方诉苦般地说道。

“啊，还是这样啊。”

宗方沉默了一会儿之后，又慢慢地改变了一下语调。

“有一件事，实在不好意思开口……我们有一个人，想去您那里拜访一下……”

“……”

“他叫小田切，四十二三岁的样子。以前也是个优秀的设计工程师，可由于年龄的原因，现在只做一些事务性工作，不过，技术上还是相当可以的。如果您方便，今天下午想稍稍打扰您一下……”

这个人来干什么，千卷还不太明白，但出于礼貌，千卷也不得不答应下来。

下午1点左右，这个人出现了。

他长了一副“V”字形的脸，头顶已经秃了不少，两只眼睛炯炯有神，皮肤稍黑，身体显得有些矮小。

在他递过来的名片上，写着“资料室 · 小田切晋一郎”的字样。

平时在家总有前来吊唁的人，可今天却一个人都没有来。

小田切穿了一件黑色的西服，领带打得有点儿歪。他进来后，先为芦田的遗像敬上香，意外地高声祈祷了几句。

“谢谢您，生前听我家先生说，曾受到过您的关照。”

千卷致谢道。

“不，不，我在公司工作时，才三十二三岁，现在刚刚过去了十年，那时芦田先生还没有进公司呢。芦田先生从一家大公司进入AD公司是……”

“31岁的话，正是七年前。”

“嗯，那时我已经在资料室了。入社不久，就常常听说芦田先生技高一筹，时常受到公司的嘉奖。日本的医学工程学会，也称ME学会，而且也是日本的信息学会，他在那发表了许多关于图像诊断的崭新研究观点。例如当时还不那么流行的AI计算机语言，他早早地就进行了自学，并利用AI技术进行药品的开发。他可大大风光了一番哟！”

“……”

“作为特别奖励，不是破例同意他一个人在家办公吗？”

“小田切先生是一位特别出色的设计工程师吧？”

千卷问道。

“不，不，那都是过去的事儿了！”

在他那张笑歪了嘴的脸上，显示出明显的自嘲样子。

“哦，对不起，可以吸烟吗？”

小田切换了一个话题。

“啊，请吧。”

千卷连忙找出烟灰缸，放在了桌子上。

小田切沉醉地深吸了一口之后又说了下去：“这么说吧，任何一个领域里都有走运的和不走运的。芦田先生也许是太走运了。”

“可他的结局……”

“例如他和别人其实具有同等程度的能力……”

小田切不顾千卷的意思，继续说下去，

“受到命运眷顾的人，一旦突然受到挫折，就会变成笨蛋，就会像换了一个人似的。不过，芦田先生却不是这样的人，就是对我这样失意了的人也一样尊重……”

“我丈夫的确挺善良的。”

千卷突然回忆起第一个孩子流产的时候的事。在她怀孕三个月时需要休息，不能过度活动，当然也不能天天打网球了。尽管这样，千卷还是流产了。

但是，芦田一句责备的话也没有对千卷说过。

“过去我一点儿也不想要孩子。总想就好好地照顾他一个人。”

千卷反复地说着这句话。内心世界里到底是怎样想的，她也说不清，但总感到这样说了之后心情要好一些……

小田切看着低垂着头哭泣的千卷，表情稍稍变了一下。

“那么，实在对不起，可不可以看一下您丈夫的工作间？”

小田切小心翼翼地问道。

“是看书房吗？”

千卷反问了一句。

“嗯，我想宗方先生已对您解释过了吧，公司方面想了解一下您丈夫的研究进展到了什么地步；如果可能的话，公司将继续研究下去，因为作为一个已经失去了一位优秀人才的公司，应当把损失降到最低程度。”小田切解释道，“虽然他每个星期只去一次公司，但您丈夫依然是一位出色的科技人员，个人的才能是相当突出的。”

小田切看来是代表公司对逝者做了高度评价。

“明白了，非常感谢。”

千卷从椅子上站了起来，但小田切却依然坐在那里，把烟在烟灰缸里熄灭了。

“这个……这个是我个人的直觉……事件的原因也许会与您丈夫的研究工作有关。”

千卷惊奇地看着小田切。

“我有一个想法，我想沿着您丈夫的研究思路，把事件的真相弄清楚。我打算悄悄地进行，夫人……”

小田切凝视着正目不转睛看着自己的千卷。

“我想也许会意外地发现些什么呢！”

小田切又补充了一句。

2

虽然小田切有所暗示，可这时的千卷仍然不太明白。

于是，千卷便领着他走进了书房，小田切开始查看芦田使用的工作台和两台个人计算机，以及旁边书架上的软盘。

千卷把他一个人留在那里，自己回到了起居室。

这时刚好又来了吊唁的客人。这位客人走后，又进来两名殡葬业的人员。

他们为千卷重新摆设了一下灵台，又把告别式结束后不用的东西带了回来，让千卷一一过目。接着对千卷交代，告别式的照片也送来了。

等他们走后，千卷开始浏览那天的照片。

在大堂的祭坛前，所有的亲属并列站在那儿照了纪念照。

千卷一张一张地看着，突然一下子停了下来。那个男人！

照片上拍下的这个男人是侧脸，照片中他正对着亲属低头致意，所以他的尖下巴和深陷的眼窝更加明显，灰色的眼珠向上翻着白眼，盯着千卷。

“夫人，实在打搅了！”书房的门开了，小田切边说边走了出来。他的双手捧着几张软盘。

“我想把这些借去用一下。”

千卷默默地点了点头，问道：“调查的事情做完了吗？”

“今天暂时到这里。”小田切答道。

“我沏了点儿茶。”

似乎小田切就在等着千卷的这句话，他顺势坐在了沙发上，又点燃了一支烟。

“我刚才简单看了一下软件，随后还要到公司里详细地看一看。好像过去我那种投身研究的热情又复苏了呢！今非昔比，我很知道今天自己还有几斤几两！”小田切感慨地说道。

“您一直做到三十二三嘛！”

宗方说过，是由于年龄的原因。不过这也太早了一点儿吧？

“是啊，新的软件开发，一般人员年龄限定在35岁以下，不过这也是因人而异。就拿芦田先生来说吧，都快40岁的人了，可研究工作如日中天，无人可比呀。而我嘛，就不像芦田先生那么有才华了。不过，别的事情方面……”

小田切顿了顿，想要问些事情的样子。

千卷把红茶和小甜饼放在了小田切面前，在他的斜对面坐了下来。

“别的事情？此话怎讲？”千卷好奇地问道。

“嗯……简单地说，就是我被经理警告了，说我做的事情超出工作范围了。”

千卷不解地盯着小田切。

“手中掌握着公司内的全部资料投奔别的地方，这可非同小可。因为当前的世界是人才竞争的世界，各公司为了挖人才什么事儿都干得出来。昨天你还想待在这家公司里，可今天你也许就想‘跳槽’，这事可不新鲜。”

“那被警告？”

“离开一线工作现场，转为担任事务性工作呗。我当时还真想一走了之，不在那儿干了。可因为我当时不巧身体不行了，也就放弃了‘跳槽’的念头。忍了五年半吧，赶上经理心肌梗死完蛋了！”

“是前任经理吗？”千卷问道。

“是的。现在这位经理是第二任了。他很年轻，又很潇洒。因此他一上任，马上就把我又调回了工作室。不过，太遗憾了，我一下就离开了五年多，要迅速提高到一个很高的水平才能胜任当前的工作，因为我等于要让时光倒流五年呀！无论如何我要特别努力，这次就算是一次非常重要的机会吧！要不我还在资料室呢！”小田切说道。

“那您的身体还可以吧？”千卷关切地问道。

“身体嘛，就那么样。不过，精神状态如此沉沦可是让我始料未及的！为了回报新经理对我的信任，我无论如何也要努力干好！把以前的损失补回来……”

“……”

“我就像要冲上一辆正在行驶中的电车一样，在这个时候唯一的安慰就是家了。”

“您家里人很多吧？”

千卷问道。

“不，只有妻子和一个女儿，因为结婚晚，孩子还小。这会儿正是天真活泼的时候……我总是想起老婆和女儿，这样是干不好的……”

小田切一副沉醉在幸福中的神情。他一边喝着红茶，一边还不忘了吃小甜饼。

千卷刚刚失去了丈夫，心情悲痛，也许这个小田切早就将这件事忘到了脑后。

“不，哎呀！无论如何，这次都是得到了新经理的器重，他对芦田先生的评价也相当高呢。所以也让我带来他的问候。”

虽然千卷还是不太明白小田切话的意思，但这会儿她已经在考虑别的事情了。

“那……”

千卷把茶杯放在餐具橱上，把刚送来的照片拿在了手里。

她从里面抽出那张有点儿可疑的男人的照片，放在了小田切的面前。

“我想麻烦您一下，这位是AD公司的职员吗？”

千卷问道。

小田切稍稍看了一眼，便又推给了千卷：

“不，我们公司没有这个人。他是‘东京软件集团’的初冈先生吧。我以前也见过这个人。”

“东京软件集团？”

千卷不解地看着小田切。

“哦，和我们规模相当的软件开发公司。主要从事医学软件的开发。”小田切答道。

“那就是竞争对手了……”

“那……也可以这么说吧。因为同行们搞了一个类似交流会的组织。因为我曾经也去过，所以见过初岡先生。说是交流会，其实不过是想刺探彼此正在做的项目。”

“……”

“初冈先生比芦田先生大几岁，可好像他自己不再从事研究工作了，专门当猎头。我也好久没见他了，看上去苍老了许多嘛……”

“他叫初冈？”千卷念叨了一句。

“他怎么啦？”

“不，没什么。我看告别式的照片里有一个不认识的人，正好您来了，就问您一下。”

千卷还不想把自己知道的事情全部对小田切讲，因为她总觉得对小田切还是小心点儿为妙。

“那么，今天就告辞了！”

小田切喝完了杯中的红茶便站起身来。

“我还想再问一句。”小田切一边朝门外走去，一边回过头来说道，“您的邻居是一个年轻的单身汉？”

“是的。”

“他是做什么的？”小田切问道。

“在一家公寓的保养维修公司工作。”

“他也喜欢计算机？”小田切又问。

“我们没见过几次面，也没有深聊过，他说过对计算机什么的不感兴趣。”千卷答道。

“不在行？可也许他对夫人感兴趣呢？”

小田切挖苦了一句便走了。

又剩下千卷一个人了。她又一次看了看那张照片。

“东京软件集团和的初冈”。

这是小田切说的。

过了一会儿，千卷来到了二楼，从卧室的洗漱间里取出隐藏着的一本保单来。

很久以前，芦田说过，万一他发生了伤残，千卷可以得到1000万日元的赔偿金；如果是因自然灾害死亡，可以得到2000万日元的生命保险金，另有500万日元左右的公司退休金的补偿。当时千卷认为他在开玩笑。

可是，当这一切都成为现实的时候，在母亲的催促下，她查看了这些保单。

果然，和芦田说的一样，他在生前共有两张保单。

后来千卷在整理其他地方时，在床边堆放的丈夫的书下边，她又找到了另外一本新的保单。

开户银行是“都市银行新宿分行”，存款人是“芦田和贤”。

存缴只有最初的一次，共有950万日元。存缴日期是“1989年2月10日”。这是芦田和初冈在涩谷的那家饭店会面后的第二天，也就是星期五那天存的。

当时千卷发现这张新的保单后，便把它和其他的保单又放回到了盒子里。

这会儿千卷又把它取了出来，仔细地看了看，又把这些事情在头脑里捋了捋头绪。

丈夫是从什么地方得到了这950万日元，以自己的名义存进了银行的呢？如果是从别处得到的转入资金，一般都应有转入人和公司的记录。

然而丈夫对自己隐瞒了这一点。

至少这是千卷发现的丈夫生前对她隐瞒的最大的一件事情。

保单的日期说明，丈夫是在2月10日的前一天，即2月9日星期四那天下午得到这笔钱的。因为如果是下午3点以前，他不是可以当天存进银行里吗？

那么，2月9日下午晚些时候，从什么人那里……

初冈那张阴郁的面容，再次出现在千卷的脑海中。

如果是这样的话，丈夫是从初冈这个人手中得到的现金吗？

不，那就不应该正好是950万，应当还多一点儿……这样一来，丈夫对我隐瞒了这一切，为的是给我买一个昂贵的项链。千卷想起来了，那条“培萨罗”的18K金的项链，在赤坂的店里卖22万日元呢！

“眼看就十年了吧，也没有什么好祝贺的……”

这时千卷又回忆起那天丈夫兴奋地盯着自己，取出那个装有项链的纸盒时的表情。她不禁流下了热泪。

他说是在涩谷买的项链。

“是特意去的？”千卷曾问过。

“啊，是的。”丈夫边笑边答道。

难道项链真的是他和初冈见面后买的吗？

那么，为什么那个男人要送丈夫近1000万日元呢？

它与丈夫之死有关系吗？

3

“东京软件集团”位于涩谷区神宫前，是距离新宿车站很近的一幢六层办公大楼，一至三层都是俱乐部的办公室。

千卷之所以决定大胆地去那里见一下那个叫初冈的人，是小田切来后考虑了三天才决定的。

警察方面在其后又有了什么重大进展，千卷也不得而知，事件已经过去十天了。当然警方并没有放弃对案件的继续调查。但她不知从哪儿听来的这种观点，案件的破获关键在于案发后的七天之内。而一旦超过了这个时间，那么多数情况下破案就遥遥无期了。

在案件发生的三个月前，丈夫会见初冈的事情要不要对森兼警部说，千卷一直犹豫不决。

从客观上来讲，也许那次会面和案件不一定有什么必然的联系。

更使千卷下不了决心的是她怀疑丈夫是不是从初冈那里得到了那笔钱。而且丈夫对自己也进行了隐瞒。收取一笔巨款，又对自己进行了隐瞒，会不会是他高价出卖了公司的机密，或是他用公司给予的优惠条件研究出的成果？

也就是说那笔钱是一笔不干净的钱……

5月23日星期二的早上，千卷终于下定了决心，查到了“东京软件集团”的电话。

她请接电话的小姐转给初冈。

“您是哪一位？”对方问道。

“我叫芦田。”

“对不起，您见初冈有什么事吗？”

对方的口齿十分清楚。

“没什么特别的事。前几天他参加了我丈夫的告别仪式，为了表示感谢，我想送点儿礼物……”

千卷等了一会儿。

接线的小姐终于回复说：“这个星期的周四或周五怎么样？”

“那就周四……”

于是，这天的下午两点，千卷来到了这家公司。

她通过了装饰成前卫风格的黑白相间的通道后，走进了公司的大厅。

在接待处有两名女性前台接待员。

千卷向她们说明了和初冈会面的预约情况。

其中一位接待员马上拿起了电话：

“请接初冈董事——”

千卷在一旁听得清清楚楚。

“请吧。”

另一位接待员站了起来，把千卷带到走廊边的一个小房间里。门上的标牌写着“接待室”。

千卷坐定后，接待员马上端来了茶水。就这样，她等了近十分钟。

这时千卷的心脏剧烈地跳动起来。

门被敲了几下之后打开了。

千卷不禁瞪大了眼睛，想象着是那个灰色眼珠、猫一样背影的高个子男人走进来。

然而，出现的是一位身穿绿色西服暗红色裙子的高个子女人。她那浅褐色的肌肤和纤细的腰肢，颇有欧美风格。

“让您久等了。”

她说着便在千卷对面坐了下来。

“家中发生了那么大的不幸，请多多保重！”

她礼节性地寒暄了一句，听声音正是那天接电话的那位。

“对不起，那……初冈先生呢？”千卷马上问道。

“实在对不起，初冈因有急事外出了，要我帮您处理事情。”

“……”

“我是秘书室的人员。”

秘书小姐看到千卷因不解进而发怒的神情后，连忙从西服上衣的口袋里掏出一张名片，放在了桌子上。

名片上写着“秘书室和仓元美”。

“您是初冈先生的秘书？”

“我们不专门为一个人服务，但我主要负责协助初冈董事的工作。”

“他什么时候回来？”千卷又问道。

“时间我不太清楚，但我完全可以亲自向他本人转达您的事情。”

她那一双修长的大腿相互绞在一起，并用那双描着黑色眼线的眼睛紧紧地盯着千卷。

“是的，那个，前些天的礼物……我想打听一下……”

“您要问什么？”

这位秘书小姐咄咄逼人地盯着千卷问道。

“……”

于是，和仓元美笑了起来，说道：“有什么事您尽管讲，别担心。您有什么难处我都会帮您。”

千卷也报以微笑，不过，她还是明确地表现出了实难相告的神情：“其实……今年的2月9号下午，初冈先生和我丈夫在涩谷的一家饭店里见了面，我是偶然碰上的。事后我并没有打听，我丈夫也没有对我讲，事情就这样过去了。那么，初冈先生和我丈夫之间……”

“……”

“不，我认为他一定会给我丈夫以很大的帮助，所以我无论如何也要当面谢一下为好……实际上我现在……都要对我丈夫生前的友人拜访一下。”

和仓元美没有马上回答，她像是在心里想着对策一样看着千卷。过了一会儿她才说道：“初冈三年前也是和芦田先生一样，从事新型计算机软件的开发和研究。但由于年龄界线的原因，都会从一线的研究工作岗位转到一般做分析的事务性岗位上去。”

她稍稍想了一下之后又对千卷说道：“所以，他也许是和芦田先生商量今后的打算吧？”

“成了分析专家之后，也可以去别的公司里当工程技术人员吗？”

“这个嘛，要通过朋友介绍了。”

和仓元美说完笑了笑。但她似乎觉得今天千卷的到来不仅仅是为了这点儿事。

“芦田好像曾和初冈先生多次见面。”

千卷一下子切入了正题。

“是那样的！”

“那么，也许是有什么事情才见面的吧？”

和仓元美说了这一句后，千卷感到十分被动。

“这也是正常的工作联系嘛。”

和仓元美又轻松地补充了一句。

“工作？什么性质的工作？”千卷只好又反问道。

“啊，这个我可不知道了。他们两个人直接见的面，我不可能知道谈话细节。这么说吧，也许是关系到企业之间的秘密呢！”

“嗯……不过，我丈夫遭到了这样的不幸，我当然应该了解！”

千卷的口气强硬起来。她看出和仓元美做出了一副准备抵赖的架势来。

“其实，警方也一再要求我尽可能详尽地提供我丈夫的交际圈，但我认为我没弄清楚的就不能对警方讲，可如果我什么都了解不到，是不是……”

“也就是让警方出面调查了？”

“反正我还是希望我自己能弄明白这些事为好。”

千卷反复强调这一点。

和仓元美把双腿换了一下位置，把目光转向了窗外。阴暗的天空下，路旁的树叶随风摇曳着。和仓元美很明显在思考着什么。

“那么，听我说一下吧！您还有话吗？”和仓元美转过身来，又用平时那十分甜美的声音说道，“简单地说吧，初冈向芦田先生买到了医疗软件的设计。因为芦田先生是AD公司的著名设计人员，所以对他来说，完全可以达成私下交易的目的。”

果然和自己想象的一样，千卷不觉感到脸色变红了。

“像您知道的那样，AD公司和我们之间一直在开发医疗软件上竞争激烈。但幸运的是，在整体企业收益上来比，我们公司更胜一筹。芦田先生是一名技术人员，如果他在一家效益更好的企业，那么他个人的收益也就更大一些。当然他本人也明白自身的价值。于是，是芦田先生先向初冈进行了试探。”

“是芦田先接触的？！”千卷十分惊讶。

但对方并没有回答这个问题：“夫人也一定知道吧，芦田先生目前研究的目标，是TCIS综合图像诊断系统，例如CT、MRI、超声波、放射线、内窥镜等的综合体计算机软件系统。如果计算机的终端就放在一名大夫的手边，就成了协助他准确迅速做出诊断的工具了。当然已经有了类似的产品问世，而芦田先生研究的课题更加先进，准确性更高，运行速度也更快。例如，如果把各种症状和有关资料输入TCIS系统中，它就会根据患者的过去病历通过计算机下诊断，并且可以开出处方呢！”

虽然这个和仓元美口口声声地说“夫人也一定知道吧”，但实际上她似乎已经看透了千卷根本不知道丈夫工作的实际内容。

“那么，您也许会认为这样一来就不需要大夫了吧？例如大夫把自己诊断的病名输入计算机，会出现两种截然不同的处理意见。这就是说大夫的水平会使计算机得出不同的结论。这和一般人给自己看病没有多大区别。因此，开发一种可以纠正大夫的错误诊断、加快处理速度的医疗软件，在这个领域中，只有芦田一个人领先于同行。”

和仓元美说道。

“那您说的私下交易……”

千卷的声音有些颤抖。

“当然了，芦田先生是AD公司的员工，他的研究成果应当交给自己的公司。但是事情并不那么简单，无论他完成的设计多么了不起，他的报酬也是一样的。而且这还要看AD公司的经济效益如何。包括报酬是不是可以逐年提高。”

芦田的工资，比起同龄人工作的同等规模的公司来说，略高一些。千卷似乎听他这样讲过。但因为他们没有孩子，夫妇两个人过着悠闲的日子，所以也没有感到经济上有什么压力……

“这一点也是您刚才知道的。不过，在企业界，寻找高手也不是什么稀罕事，各个企业都在挖人才。而私下交易这种事，更是司空见惯的了。就是研究人员，也希望自己的才能、研究成果能有一个正确的评价，得到公正的待遇。这也是人之常情。”

如果这么说的话……

“像在我们公司里，我的工作价值在哪儿我就很明白。”

千卷不禁回忆起丈夫常常念叨的这句话。

“当然了，在日本，人们对一个天才的认识还很低。况且，作为一名职员，毕竟是受雇于公司、老板，更多的要考虑自己怎么干好工作了。”

这也是丈夫常常说的。

“可是……我丈夫对公司应当说是有重要贡献的人员，因此才特许他可以在家工作嘛！如果像他这样的人再背叛公司……”

千卷有些说不下去了。

“这有什么，他还要把最好的那部分做交易呢！”元美有点儿嘲笑般地说道，“比方说我吧，虽然不明白这些人是怎么想的，但我知道软件公司如果得到一个出色的软件，就可以有质的飞跃。就像一个人如果没有了骨骼就不能称其为‘人’一样。因此，对软件的框架进行私下交易是完全可能的。这样一来，尽管芦田先生出卖了软件的构思，或叫框架，他同样还可以利用这一软件继续为本公司完成开发研究工作；当然，购买一方也必须是内行，完全可以从中受到启发，开发出其他的同类软件，也就是‘触类旁通’，这样一来，既不会构成侵权，又不会给提供者带来麻烦。”

和仓元美说完看着千卷的反应。

“这么说，我丈夫把他研究成果中的一部分卖给了初冈先生……”

“应当是这样的。我的话讲到这儿，您该全明白了吧？今年2月，初冈从芦田先生那儿买到了‘TCIS’的部分设计构思。当然他们是通过联网的计算机交易的。不会留下任何痕迹。初冈详细地验证了芦田先生提供的材料，并答应付给1000万日元作为报酬。当然付的是现金。因为这也是不留下任何痕迹的办法。2月9日夫人在‘光轮’饭店看见他们两个人的时候，我想恐怕是正在递交现金吧。”

“……”

“还有一点，为了慎重起见，芦田先生和初冈的这次交易，既是第一次也是最后一次。因为不管怎么说，芦田即使是天才的科技人员，但他开发的毕竟不是简简单单的玩具程序，大体上一份软件的编制完成，最快也要半年到一年左右。”

元美又补充了一句。

“那么……在那之后，关于我丈夫交给初冈先生的软件，是出了疑点，还是发生了别的什么问题？”

千卷问道。

“三年以前，初冈也被称为像今天芦田先生一样的天才科技人员。”和仓元美的语气有些严肃了，“在一开始，初冈验证了芦田先生传过来的软件，如果当时他认为好，就不会产生后面的疑点。而随后的技术问题和细节，他们完全可通过计算机进行调整、安装就可以了。”

“……”

“夫人，如果初冈和您丈夫之间发生了纠纷或矛盾的话，您一定会怀疑正是这个原因才导致了今天这个案件吧？”

和仓元美那双化了浓妆的双眼瞪得大大的，像要看穿千卷内心一样地盯着她。

“如果您对此确实存有怀疑，那么您尽可以把今天我讲的这些事情向警方报告，这没有什么。我想初冈也会这样对您讲的。只是毕竟最初从芦田先生那里得到的软件，与他所在的AD软件公司没有任何关系，是芦田先生独立研究的成果。这是他本人亲口说的。初冈也相信了这一点，认为芦田先生是‘业余时间’研究出来的。因为这是他们个人之间的合同，所以这并不存在任何‘教唆’之类的罪名。但是，这件事儿如果捅出去，后果不知道会怎么样呢！”

“……”

“案件发生之后，初冈听到社会舆论，只是考虑因为AD医疗软件公司的部分成果悄悄‘转’到了自己的公司里，担心今后会出现产权之争，因为我们完全相信了芦田先生，相信他不会把一模一样的软件复制一份给我们。然而，随着传闻越来越多，我们不得不提防他。关于这一点，如果找一位专门的律师就会马上弄明白的。”

千卷紧紧地咬着嘴唇，垂下了双眼。法律上的事情，千卷一点儿也不懂。但是，丈夫的这种行为，对他任职的公司来说，可以说是一种触犯法律的行为。当然，如果和仓元美说的都是实情的话。估计她不会说假话的。因为她说的金额与自己发现的是那么一致……

“大概夫人您一定要找到杀害您丈夫的凶手吧？”和仓元美把自己那染成了茶褐色的头发向后拢了一下，眼神怪异地看着千卷，“如果您真有这个打算，我不妨给您出个主意，不知行不行？”

“……”

“芦田先生在计算机软件设计方面是位著名的专家。在TCIS的分析上有所作为的除他以外还没有别人。他目前在研究什么，可以说是AD医疗软件公司的重大企业秘密。”

“……”

“于是，想接近他的人恐怕很多。其中一个方法，是和他个人达成一个合同，如同初冈和他的做法一样，当然是秘密的。如果成立，那么作为平等交易，就不会发展到使用犯罪的手段来达到目的了。那么，如果个人之间的秘密合同如同虚设，您认为结果又会是怎样的呢？”

和仓元美说到这里，故意停顿了一下，她在观察千卷的反应。

“您不知道吗？这不太简单了吗？那就使用间谍的手段呀！”

当千卷听到“间谍”这个字眼时，脑海里马上闪现出一个人的面容来。

第四章　急转

1

千卷一边在意识的深处思考着，一边被刚才那句突如其来的话——和仓元美的话深深震撼了。

间谍。

就在这一瞬间，在千卷的脑海里十分真切地浮现出了一个人的容貌，那就是新搬来的邻居梶行雄。

清瘦的体型，毫无多余肌肉的脸庞，第一次见面时，千卷就猜过他的年龄。猛一看也就二十几岁吧。但他那眼角和嘴角在微笑时露出的皱纹，显示出和他的年龄不一致的样子，不禁使人推测他比看上去的年龄要大一些。

当后来听他说是1957年出生的时候，马上想到他仅比自己小两岁，而紧接着又联想到自己为这毫无意义的比较生起气来。

那个男人来了之后，便发生了这种事！

至少在被问起不幸发生之前有过什么奇怪的事情的话，答案只能是新邻居搬来这件事。

这是最新的，也是最大的变化。

自从他搬来之后，千卷的心中也莫名其妙地产生了一种心慌慌的感觉。

相反——如果这个阿梶不来的话，大概什么事情也不会发生吧！

千卷明白这不是一种情绪，而是理智的判断。但是，自己为什么会去怀疑阿梶呢？

然而，因为森兼警部没找到阿梶的犯罪动机，而且他有“不在场证明”，他的嫌疑被解除了。

于是，千卷决心忘掉阿梶的事情。

可不知为什么，在千卷的潜意识中，总也抹不去这个人。

对，自己依然抹不去对他的怀疑。而且有一种剪不断理还乱的心绪，千卷在内心深处依然继续寻找着怀疑他的各种理由。

特别是听和仓元美这样“提示”以后。

间谍。那个男人不是间谍的证据又在哪里？

从“东京软件集团”回来之后，千卷从新宿乘京主线，在府中下了车。

刚下午4点半多一点，可能是天要下雨吧，大街上已经像傍晚一样昏暗了许多。

那个人在等着吃晚饭——这样想着千卷急急忙忙从检票口走了出来。可这时才忽然想起来根本没有必要这么急于回家：他——丈夫已不在人世了。她的心像被抽去了筋骨一样顿时虚了下来。

整天陷入要寻找凶手的高度专注之中，竟然忘记了丈夫已不在了。

自己一个人怎样生活下去呢……

千卷的心中充满了迷茫和困惑。

本来她根本没有时间来考虑这些事情。但芦田毕竟不是因病而死的，因此在事件解决之前，她什么都不想考虑！

她用这种坚定的信念和决心支撑着自己。

与此同时，在她的内心深处产生了一种要补偿丈夫的心理。

可自己到底要补偿丈夫什么呢？

走出府中站前的转盘，她便向右朝甲州大街走去，这时，她看到了一幢旧式的紫色三层楼。那是府中警察署。那里有芦田案件的侦查总部。

千卷走进去后，马上向一名站在走廊上的警官通报了自己的姓名，并说明自己要见一下刑事科长森兼警部。

这名年轻的警官当听说是案件死者的妻子亲自来访时，脸上不免流露出紧张的神情。

“请您在这儿等一会儿。”

他向旁边的长凳指了指，便马上大踏步地进去了。

不一会儿，他很快就回来了，然后领着千卷进了走廊前方的一间小屋。

几乎是同时，森兼也出现在了这间屋里。

他向千卷致以问候。过了一会儿，又用道歉的口气说道：“侦查还没有什么进展，不过我们……”

他有些不好意思地面对千卷的注视。

“是这样的，您说过，如果发现了有关我丈夫的什么线索……”

千卷说到这儿顿了顿。

“噢，那当然。”

森兼马上明白了千卷的来意。

“哦，回忆起了一点儿……不过也许不是什么重要的……”

“请您讲讲看。”

“今年2月9日，一个星期四下午3点半左右，我去涩谷一个朋友家串门回来的路上，想买点儿东西，顺路去了‘光轮’饭店。”

“啊，有这么一家饭店，是在涩谷。是家很老的饭店。”

“当时我看到我丈夫坐在大厅里的一把椅子上，和一个我不认识的男人谈话。我们两个人分别回到家后我问了他，他说那个人是‘东京软件集团’的初冈先生，是偶然遇上的，然后他们在一块儿喝了会儿茶……”

千卷说道。

“东京软件集团？是AD医疗软件公司的竞争对手吧？”

森兼也知道一些这方面的事情。

“是的。我丈夫讲，好像以前初冈先生也在医疗软件公司工作过，因此在学习交流会上认识了，还有点儿交情。不过现在他不从事具体研究工作，成了公司的负责人，是什么董事，所以两个人就几乎见不着面了。那一天是偶然碰上了，就一块儿聊了聊。”

“那后来呢？”森兼饶有兴味地问道。

“不，就这些。不过，我当时好奇我丈夫为什么要去一家环境那么不好，甚至可以说有些阴森森的饭店？因为附近有不少环境不错的小吃店之类的。于是我想也许这里面有什么原因吧！”

“不过，也许那些店人都满了呢！”

森兼的脸上流露出十分失望的表情对千卷解释道。但他还是掏出了笔记本，记下了什么。

“东京软件集团，初冈董事，是吧？”

“是的。”

“反正要调查一下的。”

他像自言自语似的说道。

“我丈夫的告别式他也去了。不过，也许他真的只是和我丈夫聊了聊天，我这样报告，好像有点失礼。”

森兼像是听明白了千卷的担心似的点了点头。

也许他决定对初冈进行一下秘密调查，或十分谨慎地直接问话，但他不一定会从初冈那里问出秘密交易之类的事情来。因为千卷想，和仓元美虽然说从芦田那儿弄到了什么资料，可像丈夫那样自尊心很强的人，也许不会干出这种见不得人的事情来。如果确有其事的话，那十有八九也是初冈让和仓元美那样说的呢！

不管怎么说，警方也许会调查一下初冈的“不在场证明”吧。为了避免无效劳动，一般警方都会先对涉嫌人员进行这样的调查的。这是原则，森兼对千卷解释过。

如果“不在场证明”成立的话，那么警方就会在犯罪嫌疑人的“名单”中除去初冈的名字。

就算是万一发现了他们之间有私下秘密交易的事实，那也不会对坐实初冈的“杀人”嫌疑有什么决定性作用，千卷已经意识到了这一点。她只希望这条线索能对侦破此案有所帮助而已。

在从新宿回府中家的路上，千卷不停地思考着，上述就是她得出的结论。

千卷之所以要到府中警察署，还另有一个目的。

“实际上……我一直到今天都还在看计算机相关的书，我想明白我丈夫一生从事的这项研究事业。”

“噢。”森兼附和着。

“很深的专业书我看不懂，所以只好看一些有关揭露这个行业内部事情的书。比如利用计算机犯罪什么的。”

千卷说道。

“对，关于利用计算机进行犯罪的事件，最典型的是金融机构里的职员，利用互联网系统，向自己或同谋者的账户转移巨额资金。”

森兼变换了一个姿势，点燃了一支烟答道。

“还有一点是伪造信用卡或透支一类的违法使用，随后利用计算机内的自毁系统消除痕迹，造成意外事故的样子，使其无从查起。大体上是这么几种手法。”

“是的，在讲述企业间谍战的书中都是这么介绍的。”

森兼答道。

“还有，在软件公司之间的竞争中，有时会采取挖走对方优秀人才，或派间谍打入对手公司内部，盗取该公司的研究成果的方式。这种情况好像现在比较严重。”

千卷继续说道。

“间谍？”森兼的表情有些严肃了。

“是呀……的确在软件开发业，间谍活动十分频繁。不过，新闻界对此‘炒’得比较厉害，实际上我可没有怎么见过。”

“……”

“首先，我不认为一个企业里会有一个间谍网，目前只是单独的个人行为。但这类的犯罪一般不会被受害者察觉，也不会由受害者提出调查，一般受害者发现后也会采取内部处理的方式加以解决。因此要掌握实际情况比较困难，另外也说明自己的防范不严密。”

“也就是说，一般，这样的公司不太注意保密性？”森兼问道。

“是这样的。一般说来这些公司把更多的精力放在新产品的研制开发上，对间谍行为的防范比较疏忽。也可以说处于完全不戒备的状态吧。例如，我就知道一家公司发生过一起案子。在一所大学内，在计算机界很有权威的一名教授的教研室里，夜间进了一名小偷，偷走了一张十分重要的磁盘。也许因为是在大学里，所以也没有安装报警装置什么的吧。大体上大学里好像都是这个样子。”千卷停了一下又说道，“我丈夫对间谍这类事情好像也没有什么戒备心理，他从来没有讲过这类的话题。因此，如果有人瞄上了他……”

听到这儿，森兼表情复杂地点了点头。

“也就是说，夫人怀疑这个案件可能和企业之间的竞争有关。我看也有道理，当然我们从一开始也考虑过。”

“是……”

“您还有具体的看法吗？”

森兼问道。

千卷一下子犹豫起来，似乎拿不定主意般摇了摇头。

“不……只是顺便来问一下。您这么忙，实在是打扰了。”

“不，不，非常感谢您提供这么重要的线索，我们会认真考虑夫人今天的提议，并且会着力进行调查的！”

说着，森兼按灭了烟头，从座位上站起身来。

突然，千卷心中涌出一股说不清为什么的后悔来。

2

虽然她没有说出“梶行雄”的名字，想必他也会出现在侦查总部的名单上吧。

不过，他没有动机，也有“不在场证明”，目前不在嫌疑人名单当中。

今天，森兼听了我的话后，对阿梶是不是间谍这一点也许会重新考虑吧，也许像森兼说的那样，对这种可能性没有再调查的必要了。

不过，无论如何，警方对计算机软件这一行业还是不太熟悉，反正从森兼的表情上看不出来。

梶行雄就住在我的隔壁。

等红灯停下脚步的千卷，还在回想着今天的事情，她的心里不觉产生了一种不明原因的悸动。

如果是我，也许更方便对阿梶进行秘密调查。

他的“不在场证明”可靠吗？

这一点必须是绝对的。如果他的目标是芦田，那么他就一定有漏洞，或是还有一个同伙杀死了我的丈夫。

因此，我必须查明他的真实身份。这一点不容犹豫。

这一瞬间，千卷不可思议地产生了一种异常冲动。她过了十字路口后，打了一辆出租汽车。

傍晚的昏暗渐渐地降临到周围。

记得在“光轮”饭店看见丈夫和初冈之后，自己急匆匆赶回家时，天色也是这样的昏暗。

当时离开“光轮”饭店时，自己是第一次见到初冈，但不知为什么对他产生了一种阴郁的印象。他那略微驼的背、像猫一样的溜肩膀，推开转门的情景，千卷记忆犹新。

如果确实与此案有关的话，他的那种阴郁晦暗的神情，是不是由于屈辱感造成的呢？

“初冈在三年前也和芦田先生一样，在一家计算机公司工作，而且也是一位顶尖的人物，可以说是芦田先生的对手吧。”

和仓元美的话又在千卷的耳边响起。

不过，到了今天，他从一个有竞争力的对手堕落到成为专门挖人家墙脚，诱引别人出卖情报、背叛自己的公司的掮客的地步了。无论哪里有他需要的人才或研究成果，他都绝不会放过。似乎这是事实。也就是说，东京软件集团在研究上落后于AD医疗公司，因此他就要采取间谍的手法弥补这一不足吗？

如果他再年轻一点儿，头脑还比较灵活的话，他就会借助芦田的智慧为他自己的成功铺平道路的！

这种无奈和屈辱，如果放在和丈夫芦田分手后离去的初冈脸上，不是正好可以说明他为什么会表现出沮丧和阴郁的神情来吗？

两个人在芦田并不喜欢的那种氛围的饭店里会面，又分别从两个出入口离开，也证实了和仓元美的话。他们一定要选择一处不容易被同行注意的场所进行现金交易！

不过——如果说屈辱的话，芦田为什么神情很正常？

据和仓元美讲，AD医疗公司的业绩也不是很乐观的。当时这一情况丈夫也曾透露给了自己。

于是，丈夫便背叛了公司，把自己的研究成果出卖给了昔日的竞争对手。

但是，那天他回家时却一点儿没有像初冈那样的不快神情。他用高价买回来的项链，交给自己时的表情也是兴高采烈的嘛！

这差别究竟是为什么呢？

“一个优秀的人才，把自己的研究成果转化成物质利益，这也算是个人的业绩，这一点也无可非议。”

千卷又回忆起和仓元美的话来。

在AD医疗公司，一定存在着轻视丈夫业绩的事情。如果公司不景气，当然也就不会满足丈夫的报酬要求。

于是，丈夫为了我们两个人能过上美满幸福的生活，会有所考虑的。

千卷不知对不对，反正顺着这种她认为“有一定道理”的猜测，心中也“咯噔”一下清醒过来。

出租车停在了家门口，千卷下了车。

邻居家的窗户里亮着灯。看到这情景，她的心不禁又剧烈地跳动起来。

阿梶的家在西侧，另一户新居不知什么时候也建得差不多了。

千卷虽然心中十分烦恼，可又一想，反正和自己家又没有多大的直接关系。如果从阿梶那里打听出什么或因刺探他引起了不快的后果，自己便会马上从这儿搬走的。

无论采取什么样的形式，也要把阿梶弄个“明白”！

一个星期过去了。

在这期间，警方的侦查员来过一次，但只是来寻问是否有什么新发现而已。当千卷问他们东京软件集团那个叫初冈的人有没有可疑之处时，对方只是含含糊糊地说，这个名字也是在告别式上的签名簿中看到的。

当天下午，从森兼那里又打来了电话：

“您说的那个叫初冈的人，我们的侦查员已经见过他本人了，并对他进行了直截了当的问话。他说二月份和芦田先生的见面纯属偶然，而且对当时说了些什么都记不清了。

听了这话，千卷马上放下了心来。大概初冈也很慎重，一点儿也没有透露他们之间买卖情报一事。

“这么说，这个案子和初冈先生一点儿关系也……”

“至少目前还找不到与此案有关的动机或背景什么的。而且他还有明确的‘不在场证明’呢。事件当天的下午4点到8点，他们在公司召开了有十几个人参加的会议，全体人员证明从始至终他都在场。”

“这么说，初冈先生一点儿没有嫌疑了？”

千卷急切地问道。

没有听到森兼十分肯定的答复，她的心一下子不动了。

这么说，初冈的事儿还是忘掉的好……

一方面，AD医疗公司的小田切又来过两次，和第一次来时不同的是，他这两次来都戴了一副黑框的高度数的眼镜。

他来后，在书房里待了有两个小时的样子。由于上次他把软盘都带回了公司里，所以这次他十分仔细地把芦田留下的笔记本、专业刊物和参考书等浏览了一遍。虽然千卷不知道他究竟在查找什么，但她感到这个小田切有一种不达目的不罢休的劲头。

小田切坐在起居室里，千卷端来茶水，他一边抽着烟一边向千卷问起芦田平时的工作情景来。但千卷没有痛痛快快地全部对他讲，尤其是丈夫和初冈见面一事。

“在计算机行业里，听说有不少间谍一类的人物在活动着，是真的吗？”千卷问道。

听到这里，小田切那双在眼镜后面炯炯有神的眼睛迅速一亮：“这个嘛……我也听说过，不过真实的情况也不太清楚。”

他们又聊了一会儿，千卷觉得在案子的线索方面，他了解的和森兼也差不多。

“我看了一下有关的书籍。我丈夫的研究成果没有存在计算机里面吗？”

“不，没有。他的进展计划和报给公司的数据磁盘都有，但看样子他并没有什么戒备，也许他认为自己的研究比较先进，一般的间谍即使看到了也弄不太明白，于是非常放心吧。而且一般人都不会对这种事情非常戒备的。”

“不过，万一让同行的间谍偷走了，不就可以复制利用了吗？”

千卷又问道。

小田切想了想，然后默默地盯着千卷。

他张了张嘴，却什么也没有说。

“今天小田切先生戴了眼镜？”千卷换了一个话题。

“不，平时我戴隐形镜片。”小田切扶了扶镜框苦笑道，“我妻子说戴隐形眼镜好，而且不怕孩子给碰坏了。可我这个人不太注意这些事，常常把镜片放到了什么地方连我自己都找不到，所以我还是配了一副眼镜。”

实际上，小田切那肤色偏黑的脸上戴上一副黑框的高度数眼镜，给人一种鬼祟的印象。

3

啊，终于要和阿梶当面对质了！

千卷全力以赴，做好了应战的准备。

6月1日星期四夜里，她按响了这个邻居的门铃。

阿梶平时回家的时间不固定，今天是7点以后他家里的灯才亮的。千卷打开自己家厨房的一扇小窗户，这样正好可以看到阿梶家的灯光，从而判断他是否回家了。

千卷估摸着他吃过了晚饭，便于8点钟来到了阿梶家的门前。梅雨期的湿热夜风，把大学农场的饲草香味送了过来。

门铃响后，从对讲机里传来了阿梶的声音。

“是哪位？”

“我是隔壁的芦田。”千卷答道。

“啊，请，请！我马上开门！”阿梶高兴地答道。

不一会儿门打开了，阿梶穿了一身运动服，满脸笑容地站在门口。

“今天我试着做了一点儿巧克力点心，这是我丈夫生前最爱吃的。我特意给你送过来点儿。”

“哎呀，真不好意思。”

阿梶连推辞也不推辞一下。

“其实是我一个人也吃不了，而且自己吃也没什么意思。一个人过得真没意思。”

“那，给您来点儿茶吧！”

“那好啊。今天夜里我特别想和人聊聊我丈夫的事呢。”

“请，请吧。”

阿梶十分欢迎的样子，把千卷迎了进来。

以前别人住在这儿时，千卷进来看过里面的样子：一楼是餐厅、厨房和起居室，二楼是四个房间。设计和千卷的家几乎没有什么不同。只是千卷家多一个书房，面积稍稍大一些。但实际占地面积应该是一样的。

“请坐吧。”

千卷被让进起居室后，坐在了沙发上。沙发的后面是一个书架。书架上的书不少，有生活用书、旅行游记、恋爱小说，另外还有三本关于猎枪的书。一眼就可以看出这家主人的爱好来。

“喝茶还是什么？我还有咖啡，要不来点儿冰镇啤酒？今天天可真闷热呀！”阿梶说道。

“那，也好，就来一点儿吧。”千卷答道。

于是阿梶从冰箱里取出一瓶啤酒，又拿了两个酒杯，放在一只托盘上端了过来，在托盘上还放了一些苏打饼干。

两个人面对面地坐着，轻轻地碰了一下酒杯。

“我来后得到您不少帮助……”

“不，家里发生了这么大的变化……”

他们相互寒暄之后，小口地喝了一口啤酒。

“我搬来两个星期后，承蒙芦田先生和夫人为我开了一个欢迎会，这件事仿佛是发生在昨天一样。”

“可不，都过去两个月了。”千卷也十分感慨地说道，“现在连我都不信。”

“我也一样。对不起，夫人今后打算一直在这儿住下去吗？”

阿梶问道。

“这个……以后怎么办我也拿不准，至少等事件解决之后再说吧。”

“对……”

“我家里的人都担心我一个人这么过不是办法，劝我回娘家过，可我还下不了决心。”千卷答道。

阿梶似乎十分理解似的认真地点着头。

“那么阿梶先生打算怎么办？好像听你讲不久要成家。”

“啊，没有的事，我只是随口……”

阿梶有点慌张地掩饰道，并把双手习惯地放到了头后。

“有女朋友了？”千卷关切地问道。

“不，没有，一直没有一个关系明确的。”

说着，阿梶像要躲开这个话题一样站起来，朝冰箱那儿走去。

这和他开始来时讲的大不相同呀！记得他刚搬来时说过，“虽然这会儿是一个人，可很快就要成家了”。

千卷接过阿梶又递过来的一罐啤酒，故意为难般地问道：“可是，这个家不像只为了住一个人准备的呀！”

“不，我打算把我母亲接来的。可她本人还是不想离开热海。”

如果他说的是假话，干吗一开始不说“打算把母亲接来”呢？

于是，千卷在心里马上找到了这个答案。

阿梶不想让芦田产生哪怕是一点点的戒备心理。因为如果搬来的一个年轻独身男人，说马上要结婚了，会使对方的家庭放心。

除去对方的戒备心理后，阿梶就可以大胆地与他们接近了，森兼是不是也有过这种猜测，千卷不知道，反正当他问千卷时，千卷一口否认了这一点，因为后来她自己观察，似乎阿梶不是那种人。

“哦，你搬来的时候说，你小时候在西久保巴町住过？我们都不善交际，可他还是为你举行了欢迎会。”

“谢谢了。”

“你是在鞆绘小学上过一年学？”千卷问道。

“是的。”阿梶答道。

“那我就记起来了，从小学校出来的电车道的转弯处，有一个卖文具和玩具的商店吧？”

“……”

“不，不，都二十四五年了，我又没有亲眼见过那儿。只是前年和我丈夫去那时，他指给我看的。当时他说起来时样子很兴奋啊！那是一幢钢筋水泥的建筑。他说过去是一幢木结构的房子。他在下课或放学时，常常去那儿买图画纸、玻璃球和填色画儿什么的。”

“啊……您这么一提醒……我倒想起来子，是有个什么店……”

“叫‘丸福商店’？”

“对，对了！”说着阿梶打了个响指，“真令人怀念啊，那家店现在还在吗？”

“前年好像还在。”

“那么也许现在还在，这次我好像还看见了呢！”

不过，如果阿梶真的去看一下，就知道那家店根本就没有了。如果那家商店在前年就经营不下去的话，千卷问他时，他应当能马上回答出来。

实际上根本没有到前年，二十四五年前那家商店就不在了。因为芦田特别爱回忆童年时代的事情，但千卷却一次都没有听他讲过。

今天的“考试”就可以了。

千卷站起身，若无其事地向身后的书架上扫了一眼。

“除了工作，你看的书也有这么多不同的种类呀，我的丈夫……”

“芦田先生喜欢看什么样的书？”阿梶问道。

“还不就是计算机相关的书呗！再就是医学的书。偶尔为了换换脑子、放松一下，看一点儿军事题材的。好像从来不看恋爱小说。”

千卷答道。

“我可从来没看过计算机相关的书。”

阿梶的目光一边向昏暗的窗外望去一边自言自语道。

“你的工作一点儿也不需要使用计算机？”

千卷吃惊地问道。

“公司倒有，不过我可以不碰它。”

“你们不是住宅管理公司吗？”

“是的。”阿梶答道。

“大学毕业后一直在那儿？”

阿梶一边用手指在酒杯边缘滑动着一边沉默不语。

他低着头停顿了一会儿：“不……开始在一家商社工作，后来因为工作繁忙累坏了身体，五年前到了这家公司。”

“对不起。我问得太多了，太失礼了。”说着千卷向他低头表示歉意，“太不好意思，打扰了这么半天。”

“哪里的话，我还要谢谢您带来的点心呢！方便时请您常来坐坐吧。”

“谢谢。真的不好意思打扰了。只是有时一个人待傻了，也不知道该干点什么好……”

说着千卷突然涌出了眼泪，话也说半截停了下来。

“那当然了。您有一位那么出色的丈夫，突然不在了！”

阿梶安慰般地说道。

“嗯……有个请求，不太好意思……”千卷说着用手指了指书架，“这本书可以借一下看看吗？”

她的脸上露出了一丝笑容。

“这本好像是讲了一位著名的女演员，和恋爱多年的男友终成眷属，可他又不幸因癌症死了的故事吧？”

“是的……不过……我觉得您还是看几本喜剧的小说好吧？”

阿梶说道。

“不，就是它吧，我知道我应当怎样面对生活。”千卷很坚定。

“那请吧。”

说着阿梶便抽出了那本书，同时千卷也把手伸了过去。当两个人的手在空中“接触”的时候，不知为什么千卷有种如同触电的感觉。

阿梶把书递了过来。

“那我就不客气了。”

千卷一边说着一边“哗啦哗啦”地翻动着这本书，而她的视线又情不自禁地被那书架吸引过去：在前排书的后面，还有一排书籍。

千卷凭直觉感到，后排的书是被有意藏起来的，肯定与前排书有明显的不同。

4

千卷说三天后就归还这本书。

实际上她一天就看完了。但她认为再等两天还才自然。

而且，三天后正好是星期日。前一天下了一场挺大的雨，随后风也刮了起来。但第二天清晨窗外仍是阳光灿烂。

10点多钟，千卷来到庭院里，正在眺望着院子里的蔷薇花和栀子花，阿梶也出现在隔壁的草坪上，准备晾晒衣服。

一看他就是个生手。好不容易把快干的手帕搭在晾衣杆上，一阵风吹过来，把那块手帕吹到了院子的木篱笆上。

阿梶一直盯着手帕，正好碰上了千卷的目光。

“啊，您早。”他连忙打了个招呼。

“你要用夹子夹住！”千卷提醒他。

“嗨，原来有，搬家时找不到了，又没有去买。”

“那用我的吧！今天的风特别大……”

说着千卷来到了篱笆旁边，把那块手帕捡起来。正要连同夹衣服的夹子一块儿递过去，突然想起了什么似的说道：“这样吧，我把借的书也一块送过去吧？”

“请吧。”阿梶高兴地笑了。

于是千卷马上从大门走了出去。其实从篱笆上也可以迈过去，不过那样多少有些不雅。

阿梶打开了院门等在那里。

“非常感谢这本书，真让我感动。喏，夹子给你！”

“哎呀，太感谢了。”

“你这件运动衫还是翻过来晒吧，要不就褪色了。”千卷又提醒道。

“哎呀，是呀……这阵子您还去打网球吗？”阿梶问道。

“嗨。这么好的天气，我也想去打呢！可一想起这些天的事……”

听到这儿，阿梶轻轻地“哦”了一声。

“那天的事儿，是夫人您去打网球回来发生的吧？”

“嗯……”千卷点了点头，“如果当时我在家里……我一想到这儿……”

阿梶一看到千卷流下了眼泪，马上像一个做了错事的孩子一样把目光转向了别处。

“哦，我可以进去吗？你家里煮咖啡了吧？我都闻到香味了呢！”

千卷笑了笑说道，阿梶连忙把一双拖鞋放在了门口。

趁阿梶进屋处理咖啡的时间，千卷又来到草坪上，把他洗好的衣服一件件夹好。

“对不起，给您添麻烦了。”

回到客厅，阿梶十分恭敬地行礼致谢，然后把装有咖啡的杯子放在了桌上。

“警方又来问过什么吗？”阿梶关切地问道。

“没有，一点儿没有。”

“侦查总部怎么看这件事？”

“好像要从‘女人’这条线索下手。”

千卷信口胡说道。间谍之类的事情，连警察都不信，自己也是那样猜测而已。

“是女的？”阿梶惊讶地问道，“那……芦田太太，您不会也那样认为吧？”

“当然我也不相信我丈夫会是那种人……毕竟我是他的妻子，不过……警方从他的工作关系中什么也没有查出来。另一方面，外来的凶手很难知道还可以通过车库的门逃走，包括室内的案发现场和钱被盗等方面来看，怎么也不像是一般的入室盗窃。此外，也很难认为是流窜犯作案。那么，剩下只有‘情杀’这一条线索了……”千卷说道。

“这么说夫人已经有一点儿线索了？”阿梶问道。

“不，也就知道这些。不过，今后我想从这条线索上查下去。因为我是我丈夫最亲近的人，所以应当只有我才能查出来的。”

千卷十分肯定地说道。

“这么说，作为一个女人在这种时候会是一种什么心情呢？”

阿梶一边问，一边习惯地用手指在杯口的边缘滑动着。

“你这样问未免太残酷了，不过……我一直信任的丈夫成了受害者，而也许凶手又是一个女人，当然不是偶然出现的女人，也许是和他有了那种关系的女人，我当然会憎恨凶手了，同时对背叛自己的丈夫……”千卷矛盾地答道。

“真是不可思议。只有女人才会这样，即便遭丈夫背叛也不会因他被害而幸灾乐祸。甚至会想用自己的手去复仇。”阿梶不解地说道，“你的爱情观太纯洁了。”

听到这儿，千卷仿佛万箭穿心一样痛苦万分。

“虽然我也说不清这是为什么，可我在丈夫去世之后，产生了一种强烈的报复心理。我要抓住那个凶手的心情和想要复仇的心情是同样强烈的！”千卷咬着牙说道。

“可是你为什么不恨背叛了你的丈夫？”阿梶问道。

“为什么？连我也不明白。”

两个人沉默了良久。在这期间，阿梶表现出十分感慨的样子，时不时抬起眯着眼睛的脸，看看千卷。

“旁边那家的房子快建好了吧？”

千卷忽然一转话题，打破了沉闷的气氛。

“嗯，这几天我遇见了房东汤原先生，他说计划八月完工。”

大概是星期日，工人也休息吧，平时十分嘈杂的施工噪音也听不到了。

“如果盖好了，又会搬来一家新的邻居。对了，阿梶先生为什么会租这儿间房子？”

千卷巧妙地利用西侧新建房屋的事扯到阿梶的身上。

“因为我喜欢呀。而且到新宿还有一条电车专线。”

“可是，京王线、中央线沿途也有更便利的公寓呀？你看这儿连商店都很少呢！”千卷追问道。

“不，这样更安静。而且树多，空气清新。”阿梶答道。

“决心来时先看过这儿吗？”

“那当然了。因为我的工资低，不能找租金高的房屋。同样的租金我当然要最好的地方了。”阿梶毫不犹豫地答道。

千卷住的房子租金是每月11万日元，阿梶这处是12万日元。这是她从汤原那儿听来的。虽然她还不知道阿梶的收入几何，但房子的租金肯定占了他收入相当的比例。

当他决心搬来时，肯定和房东汤原讨价还价来着。

“我还想把母亲接过来。因为她在热海也是租房住，住在一起还是比较经济的。”

“好像在府中和国分寺那一带开始建造了许多公寓和出租房屋呢。”

“是的，我也有几份不动产公司的介绍手册呢。”

“怎么样？”千卷像很感兴趣似的问道。

“嗯，到国分寺车站步行十分钟左右的地方新建了一处带阳台的两层公寓楼，看上去挺迷人的，不过我还是选择在这儿了。”

另一个“考试”目的达到了。

像要隐瞒住心中涌起的波澜一样，千卷站了起来，慢慢地朝草坪那儿走去。

从阿梶家借了书的第二天，千卷从房东汤原那里打听到了府中站前的一家不动产公司，并以一个租房人的身份进行了“调查”。

她听到的情况却是这样的：

据这家不动产公司的工作人员介绍，阿梶对那儿的房子根本就没有一点儿动心的样子，当时，经营者劝说阿梶租国分寺的公寓，但是，阿梶却租了汤原的房屋，还马上付了定金。

也就是说，阿梶对自己隐瞒了某种目的，成了自己的邻居。他还详细地了解了丈夫芦田的经历，知道了他少年时代在西久保巴町住过，并编造了一段奇遇的故事，骗取了丈夫的信任。

秘密侦查的第一阶段结束了！

下一步是要打探出他的“意图”。

怎样做呢？

这时千卷稍稍感到了一阵头晕。想到下一步的困难，一时间她胆怯了。连警察都抓不住的企业间谍，我一个女人就行吗？

不！比起警察来，自己有更有利的一面。

千卷想到这儿，便拼命鼓起了勇气。

她想，自己和阿梶住邻居，而且已经和他有了进一步交往的基础。如果幸运的话，他绝不会对自己产生任何怀疑和提防之心的。

这次该我“接近”他了。我要更频繁地出入他的家，当然要让他感到十分自然。而且，还要在他的家中进行调查。肯定会有证据的！

这时，千卷心里突然一惊。原来是阿梶走到了她的身边。

“我还想请您到我家吃饭。什么时候方便都行。公司里有几位擅长做菜的男同事，找上两三位，吃完饭还可以打打麻将。像您这样生活太沉闷了对身体不好。”

5

果然，一个星期后，阿梶如约要开一个“家庭晚餐会”了。

这天，他家里来了三位公司的男同事，其中一个人和阿梶一块儿准备饭菜。

他们肯定都带着十分好奇的心情在观察千卷，揣摩她和阿梶的关系。不过，这些人聊起天来还是挺兴奋的。他们教千卷打桥牌，虽然刚刚学会，可千卷居然总是赢。

过了一会儿，他们又把话题转到了打猎和猎枪上来。

据说这三个人都和阿梶差不多大，今年三十二三岁，也都有了妻室。

和他们比，独身的阿梶应当看上去要年轻一些，可并不是那样。虽然人不是那么老成，但办起事来却有点儿老气横秋的样子，总让人感到他考虑问题过于复杂。

从这天夜里，阿梶和千卷的关系又密切了一步。千卷整天估算着阿梶到家的时间，然后再去按门铃，这时双方都不会感到不自然了。而千卷的借口也很多，什么做的菜吃不了了，白天邮局送来阿梶的信件了，捡到了风吹过来的晾晒衣物了等等。

对于千卷的来访，阿梶尤其感到高兴。不知是出于礼貌，还是真的很喜欢她的到来。

千卷也是这样，和阿梶接触期间，虽然有些紧张，但心中肯定没有痛苦，甚至——以致后来她十分惊讶——自己在看着阿梶时竟然会产生一种不可名状的思念之情。

似乎阿梶在某一点上和丈夫芦田有些相似呢。

渐渐地，千卷居然有了一种错觉，似乎看见了阿梶，就仿佛看到丈夫复活了一样……

这种情景是案件发生半个月之后产生的。

6月29日，七七四十九天的法事结束之后，芦田的骨灰被葬入位于多磨墓地的家族墓中。千卷拿到了公司发的退职金500万日元，以及2000万日元的生命保险金和意外死亡赔偿金。

她的财产原本只有包括丈夫生前从初冈那儿得到的共2000万日元，这下子全部加起来，千卷的生活一时不必担心了。

这阵子新闻记者们也不来了，社会舆论似乎也忘记这件事了。

加之新的案件层出不穷，人们似乎已经把芦田的死忘到脑后去了。

可对千卷来说，任何问题都没有解决。

府中警察署的侦查总部当然还没有停止调查，但千卷再也没有得到什么最新通报。

千卷关注的还是阿梶一个人。她时时创造着各种机会，等候到他家里进行详细的调查。如果抓住一个他作为“间谍”的证据，她就会通知森兼，对他进行彻底的背景关系调查。

千卷的心中只有这么一件大事。

7月7日星期五，天气预报说气压很低，而且午后将有很大的风和雨。到了傍晚，空中果然雷声隆隆。

千卷最怕打雷。过去丈夫在家办公，她还可以忍耐；可如今一个人在暗夜里，电光闪闪，雷声隆隆，她只好堵着耳朵，躲在房间的角落里。

到了晚上7点，千卷目不转睛地盯着小窗户外边寻找着机会，看着邻居阿梶家的灯亮了没有。她的心头猛然闪出了一个念头：利用这雷雨天气，对阿梶采取主动进攻。

由于千卷最近多次去到阿梶的家，知道他不胜酒力，一喝酒就爱睡觉。

于是，她回到卧室，从抽屉里拿出几粒安眠药。这是丈夫的一位神经内科大夫朋友给他推荐的，要他在过于疲劳时服用这种药提高睡眠质量。最近一个时期，千卷由于思虑过度、休息不好，曾服用过它。因为她从未吃过安眠药，因此这药对她很起效用。她还听人讲，如果和酒一块儿用，效力更大。

她把两粒椭圆形的药片在案板上碾碎，用纸包好，悄悄地藏在了裙子的口袋里。

听到敲门声，阿梶连忙打开了房门，他惊讶地瞪着在雨中淋着、连伞也没有打的千卷。

“怎么回事儿？！”

“对，对不起，我怕打雷……”千卷嗫嚅道。

“那快进来，别淋雨了！”

说着，阿梶连忙取来一条毛巾，千卷顺手把门关上，并插上了插销。

“对不起，真的。我一听打雷就吓得不得了，特别是我一个人时，我会吓坏的……”

“真是胆小呀！”

阿梶一边笑着，一边接过千卷还回来的毛巾为她擦了擦后背。

“请进来吧！喝点白兰地吧？”阿梶关切地问道。

“谢谢……”

千卷点了点头。当她随着阿梶走进起居室时不禁“啊”的叫了一声。

“猎枪！”

“是呀！”

在沙发旁的地毯上，放着一支猎枪，还有子弹带、擦枪布、工具箱等东西。

“我正在收拾呢！”阿梶解释道。

“那我打搅你了。”

“不，不，不着急收拾。”阿梶连忙说道。

说着，他把这些东西划拉到一块儿，连拖带抱地送到了另一个房间里。那个房间正好相当于千卷家的书房，但他家里却没有书房。

请千卷坐定在沙发上后，阿梶马上为她端来了一杯白兰地酒。

“你的脸色好苍白呀！”

阿梶在她的对面坐下后，关切地说道。桌上放着一杯水，大概是他一边收拾猎枪一边喝水吧，杯中水已只剩半杯了。

“最近打猎吗？”千卷问道。

“是的。下个星期日我要去伊豆，还有几个朋友一块儿去。可我好久不打了，手都生了。这不还要收拾一下。”

“每次用前都要收拾一下？”

“那可不，当然不需要大卸八块地收拾，因为我真拆了可就装不上了。”

“这是步枪吗？”

“不，是散弹枪。”阿梶因为千卷的“无知”笑了笑，“步枪太响了，而且一般不许私人拥有。但散弹枪属于猎枪，允许个人拥有。我是五年前办的手续。”

“打什么？”

“去伊豆打点野兔、野猪什么的。”

“可是……你喜欢枪？我看你不是那样的人嘛！”

“我看了井上靖的《猎枪》之后就喜欢上猎枪了。”

“……”

“这个人嘛，做什么事都有各种各样的动机。像我只是喜欢而已。不过，光喜欢和迷上狩猎是两回事。而且这的确是一种发泄的方式呢！”

“发泄方式？”千卷不解地看着阿梶。

“是呀！比方说我吧，为了摆脱挫折感……简单地说吧，就是为了减轻压力。”阿梶解释道。

“挫折？怎么讲？”千卷有点不解地问道。

阿梶默默地站了起来，向厨房走去，也许他要到厨房里去取开水，给自己的杯子里加点水吧。

于是，千卷连忙从裙子口袋里取出那包药粉，拿在手里。

“还在下呀！”

“好像是……”阿梶在厨房里答应了一声。

千卷看他往洗手池上方的窗户方向探了探身子，脸贴近玻璃窗向外看，千卷趁机把药粉放到了阿梶看不到的右手上。

“这会儿还是受低气压的影响吧？”

一只手提着水瓶回到起居室的阿梶，把水瓶放在桌子上，然后他又走到了冰箱旁边。

他从冰箱里取出一个冰盒来。

这时阿梶的后背正好冲着千卷。当他把冰盒里的冰取出往冰罐里放时，千卷迅速地把右手里的药粉倒进了阿梶的水杯里。

当她的手正伸到阿梶的水杯上方时——

突然一道雪亮的闪电，吓得千卷一下子蜷起了身子。当她条件反射地闭上眼睛，一阵石破天惊的雷声响了起来。她马上伏在了自己的膝上，双手拼命地捂住脸。

“不要紧了吧？”

千卷突然听到了耳边阿梶的轻声问话，连忙把手放了下来。

“农工大有避雷针，这一带都是安全的。”阿梶笑了笑，但突然脸色一变，“那是什么？！”

原来在千卷的膝上洒了许多药粉。由于她穿了一条黑色的裙子，所以上面的白色药粉十分明显。

“那是什么？！”

阿梶又问了一句。脸上的表情明显僵硬了起来。

他的目光从千卷的膝盖移到了她的手上，然后又看了看桌子上的水杯。如果仔细看的话，可以看出杯口有少许粉末。

于是，阿梶又眯起了眼睛仔细观察起来。

千卷感觉他会详细追问的。

这粉末是什么？你为什么拿这些来？想要干什么？

怎么回答？！

不能含糊其辞……

千卷感到大脑一片空白，她准备开口回答。

这时又来了一个机会：门铃响了。两个人同时屏住了呼吸。

门铃又响了一次。

阿梶生气地站起身来。

“都这会儿了！什么人？！”

这时，时间是7点20分。

趁他站起来出去的机会，千卷连忙掸了掸裙子，并迅速地用手指抹了一下水杯边缘的药粉。

“不……前几天打扰了。今天这么晚了，实在对不起……”

大门那儿传来了一个男人的声音，千卷觉得很熟悉。

“有什么急事儿？”

“哦，稍稍待一会儿。不，我刚才先去了芦田先生家，但夫人好像不在家……”

千卷突然记起来了：一个“V”字形的谢顶前额，不健康的深色皮肤的男人脸庞浮现在她的脑海中。

“因为您家亮着灯，所以我就来看看……”

千卷感到十分狼狈。因为在门口放着她脱下的一双红色的凉鞋。小田切去过自己家里好几次，肯定记得。

而且，他是不是在跟踪阿梶？那样他一定会发现我来了！

千卷处理好药粉后，便站了起来，快步来到了大门口。

“打搅了。白天邮递员送来的小包裹请收好……”

“啊，您果然在这儿呀！”

今天小田切没有戴眼镜。他那双貌似戴了隐形眼镜的黄色眼珠，审查般地不停在阿梶和千卷的身上扫来扫去。

“那太好了。正好我还想跟阿梶先生和夫人谈点儿事。”

阿梶的脸色十分难看，但只好把小田切让进起居室。

“我去泡茶。”

“不，不必麻烦。”

小田切回答得十分干脆，所以阿梶也就没有再客气，自己坐到了椅子上。在小田切和阿梶之间，千卷坐在了呈“L”型摆放的沙发上。

“夫人，像一开始我对您说的那样，我受命于公司，来看一看芦田先生的研究进展到了哪一步，怎样再继续下去，同时调查一些情况等等。对公司来说，当然是希望在失去了一名优秀的研究人员后把损失压缩到最小的程度。表面是这个任务，但在我内心还有一个秘密。”小田切一口气说到这里。

“……”

“我想再告诉您一下，这个案件的原因，也就是说与芦田先生的研究有关系的原因，我已经找到了。而且我考虑应当把事实真相说出来才对。”

千卷也听他讲过好几次，说他有一个“秘密计划”在“悄悄进行”。说这种“卖关子”的话是小田切的风格。

于是，他又面对着阿梶。

“阿梶君，我几次来打扰你，也是基于这个秘密。”

这次千卷可有点儿意外。看来小田切也来过阿梶家好几次了？

“坦白地说吧。我的目的有两个：芦田先生除了为AD公司研制软件外，是否还私下将研究成果转卖给了其他软件公司？因为案件有可能是因此而发。例如报酬的纠纷和为了保密、版权的安全等。可十分遗憾，这个证据我至今也没有找到。因为如果是利用计算机进行图像传递，利用电话进行解释说明，那么任何痕迹都不会留下的。现代科技已不需要人们面对面地交换情报了。只是在报酬交接时才会见面。也许会记录在银行账户上。不在现场抓住这种交易，那就根本不会掌握证据的。”

听到这儿，千卷情不自禁地低下了头。

“另一个可能，就是产业间谍。”

听到这儿，千卷的心脏仿佛停止了跳动。

“我在坚定地进行秘密调查。这是任何人都不知道的独立调查。当然警方也在进行调查，可由于这种学科的特点，我们比警方更占优势。因为有关的数据、术语以及研究成果，一般到不了警方手里，即使到了他们手里，他们也看不出哪些会引起该领域内人士的重视，会导致不幸事件的发生。因为这些都是企业的机密。一旦传到外界，不是造成经济上的损失，就是公司名誉受到极大伤害，因此警方的调查会受到来自被害者和施害者双方的阻力。因此，但凡警方记录在案的间谍案件，多是不起眼的小偷小摸，真正的大间谍在暗中仍十分活跃。”

“……”

“因此，既然指望不上警方，那么企业就必须加强自己的自卫能力。各公司会竭力培养自己的情报人员，各处打探情报、买卖研究成果。不是到处都发生这类事件吗？不是总有受害人吗？甚至情报人员之间也会发生各种各样的变化。参考这些，方可制定本公司的防范策略，用以展开新的商业战略。可以说，间谍的背后，往往是一个或几个集团公司作为背景进行的战争。”

小田切的口气中，明显地流露出一种先知先觉的自豪神情来。

“因此，我认为围绕着AD医疗公司有好几个情报机构在暗中活动着。虽然一直以来我没有掌握这方面的情报，但我已经从表面深入到了里层，也掌握了一些情报。阿梶君大约五年前，曾在美和综合管理中心工作过吧？”

小田切问道。

“……”

“市内的二十来幢大楼都由你当时所在的公司进行管理，然而，我对此进行了调查，发现了许多有意思的事情。”

小田切的脸上流露出仿佛捕捉到了猎物那样的快感。

“我从公司记录的二十多件间谍事件中发现有两件发生在美和综合管理中心管理的办公大楼里。也就是软盘被盗事件。”

“什么时候发生的？”阿梶用嘶哑的声音问道。

“四年前的年底，还有前年的夏天。”

“可我一点儿也不知道呀！”阿梶平静地答道。

“是的，任何人也没有向警方报告，也未向新闻界透露。只是在公司内的情报人员及这个行业的内部传说着。”

“那可靠不住！”阿梶反驳道。

“是呀，我也不能仅凭听说的这点儿消息就下决心。所以我决定把事件查个水落石出！”

“为什么？”千卷在一旁问道。

“当然是有关他了！阿梶君！”

小田切说到这儿撇了撇瞥嘴。

“你在大学的经济系毕业后，就职于东京商产。作为一家商社，虽不能说是超一流的，可也算是一家大公司了。但你却在五年后辞职了。对不对？”

“那是因为我的身体出了状况……可这些事与我有什么关系？”

“是的，你说因为过度劳累，得了胃溃疡，对吧？”小田切又问道，“但是，这是一种多由精神因素而引发的疾病。更准确地讲，这是由于过度使用计算机造成的神经衰弱的症状之一。”

“……”

阿梶默默地听着。

“这是我从当时你的上司口中听说的。你自从进入公司，一直在营业部负责组织规划的工作。因此你拼命学好了计算机，26岁便成了营业部主任。但是后来，你在一次重大的运作计划失策后，便将赊卖货款的数据全部清除，这对公司造成了巨大损失。至于还有多少赊卖货款，你弄到了哪儿，谁也不清楚，反正想要全部追回是不可能的了。”

听到这儿，千卷发现阿梶的脸苍白得仿佛变了一个人。

“我再啰嗦几句。20世纪70年代初，也被人们称为利用计算机犯罪的初期，在美国就发生过这种情况，当时美国的一家电机销售公司，就曾有一名职员，对公司处理他的做法不满，于是用计算机将输入的赊卖货款的数据全部毁掉。由于没有备用的账目，这家公司只好在报纸上发布公告，希望欠公司货款的机构前来办理赊账手续，最后只有2.3%的人认办。其余全部装聋作哑，佯装不知。公司因没有了证据，也毫无办法，不久便倒闭了。”

小田切流利地讲道。

“不，我不是……”

小田切像要堵住阿梶的嘴一样，坐在了榻榻米上。他摆了摆手，继续说道："当然，现在和那个时代不同了，东京商产不那么傻，也许它极力掩饰了自己的损失，也许是你的上司也不清楚到底是怎么回事，反正只有你心里最明白。"

"……"

阿梶又沉默了下来。

"自从那次你在工作中发生失误以后，又有两三次失误，于是你开始产生了对计算机的恐惧，精神压力很大，引起了身体的一系列症状；你在休息了一段时间后，便只好辞职。这样一来，你摆脱了对公司损失所要承担的法律责任，同时你也对这项工作失去了信心。"

小田切得意地看着阿梶。

"你，你胡说！"阿梶愤怒地说道。

"实际上，一方面你还没有完完全全地掌握计算机技术，也就是说你还不完全会使用计算机；另一方面，你也对计算机产生了厌恶的情绪。对吧？"

"你在胡说八道！"

"夫人。"小田切不理睬阿梶了，转向千卷，"请您仔细考虑一下，一个有这样前科的男人，一个隐瞒了自己秘密的男人，在案件发生的一个半月前选择您家作邻居，您会相信这是偶然的吗？"

"……"

千卷不知如何回答。

"我坦率地推测一下吧！"小田切由于兴奋，浅黑的脸上开始泛红，"阿梶君，你为了充当窃取芦田先生研究内容的间谍，搬到这里，并设法接近芦田夫妇，利用这个机会观察她家中的情况。而且在案发当天，趁芦田先生外出散步之机，悄悄潜入他家的书房。也许是芦田先生没有锁门，也许是你通过车库的里门进来的。"

阿梶用像是吞了一只苍蝇一样的表情听着小田切说话。

“你的目的，就是偷取磁盘，然后带到自己的家中进行复制。但你一时无法弄清到底哪个磁盘才是，便将一口袋的磁盘都装上带走。不幸的是，正好芦田先生散步回来，这也许使你感到走投无路了吧？”

这时，屋外的雨大了起来，打在房顶上啪啪作响。

小田切继续说下去：“我想你当初并不是要杀死芦田先生，而是想用商量的口吻与芦田先生做一个交易；但不料芦田先生十分气愤，情绪激动，要马上报警。你们在争斗中，你顺手拿起那把青铜镇纸，将芦田先生追到了书房的小屋里，连打两下，于是……”

“胡说！”阿梶开始企图堵住小田切的嘴，他像一头狮子一样咆哮道，“你在胡说八道！全是胡说！你什么证据都没有！我有‘不在场证明’！”

可小田切像是在等着他这句话似的，笑了笑又说道：“是啊，连警方对你过去工作过的公司里曾发生过两起这样的事件都一无所知呢！而且你果然成功地制造了‘不在场证明’，暂时把自己从犯罪嫌疑人中排除出来。而且后来的事情也不会被人所知。——不过，你骗不了我，为你做‘不在场证明’的伪证同谋人不会支撑到底的！”

“什么？你说什么？！”

“事件的当天，你乘新干线于下午4点19分在热海下的车。出了检票口，你见到了熟识的旅馆老板娘。她带着一个服务员，你说你们一直聊到4点半，然后分手，你坐上出租汽车走了。”

“是这样的！”阿梶怒气冲冲地说道。

“如果那个老板娘和你的证词一样，你的‘不在场证明’当然就成立了。但我为了核实，又从另一个角度调查了一番。”

"……"

阿梶盯着小田切。

"那家叫'红梅苑'的旅馆，老板娘叫柴田笃子，五十多岁。带去的那个女服务员叫山根阳子。说到你是怎样和这位老板娘认识的，就是你曾在公司组织的慰劳旅行团担任干事，两次旅行都住在了'红梅苑'。而且这个老板娘还为你提供了特别'服务'。后来你们两个人关系密切起来了。关于这些，我认为没有什么出入吧？为此，我特意去了一趟热海，也特意住在了那家'红梅苑'，当然情报不会有什么差错的。我请那儿的服务员喝了顿酒，人家就把什么都告诉我了。"

千卷惊讶地看了看阿梶。小田切继续说下去：

"柴田笃子现在也是一个人，但她离过婚，还有一个女儿，叫美也子。虽然还是个中学生，却出落得楚楚动人，十分漂亮。当初离婚时她要了孩子。虽然她的年龄大了一些，但并不显老。她把全部的精力都放在了培养女儿上。但是，大约两年前，美也子也遇到了一件事。"

听到这儿，千卷看到阿梶的目光一下子变得空虚起来。

"那是两年前十月的一个夜晚。那天晚上，美和综合管理服务公司的一行人第一次住在'红梅苑'。晚饭后你们又上大厅去喝酒。但结束时却没有一块儿回来。你是和另一个同事从旅馆的后门回来的。你还记得吗？"

小田切问道。

阿梶没有回答，他只是痛苦地皱了皱眉头。

"'红梅苑'旅馆占地很大，院子里又有许多大树。你回来时，发现树后有异样。你们两个人走过去一看，原来是一个住店的旅客只穿着一条裤衩，正在欺负一个十来岁的小女孩儿。于是你们上前把那个男人拉开，但那个男人拼命挣脱后跑回屋去了。你们俩一个人留下安慰这个女孩子，另一个人去喊老板娘。正好老板娘屋里有一个年龄大的服务员也赶来了。直到这会儿，你们还认为这个女孩子也是住客。但女服务员一来，才认出她是老板娘的女儿美也子。当时她在孩子的房间里看电视，被一个喝得醉醺醺的男客骗了出去，险遭强暴……”

“……”

阿梶默默地听着。

“老板娘一看是自己的女儿，而且没有造成伤害，便想息事宁人，决定不将此事传出去。当然，她对你和另一个同事会怎样感谢，这并不难想象。你和老板娘的熟悉，也可以说始于那时吧？”

“事情都过去了，还翻腾它干什么？”

阿梶不满地反问一句。

“不，这件事具有重大的意义。虽然警方也向那个老板娘询问了关于这个案件的证词，但两年前发生的事情除了那几个当事人之外，谁也不知道。另外，当时和你一块儿参与此事的同事在那之后也离开了公司。那么警方恐怕无从知道柴田笃子和你之间这么一层独特的关系了。这样一来，她的证词就成了最好的证词。”

“那当然了，因为那是事实！”

阿梶坚决地说道。

“别着急，我们再把话说回到那天。柴田笃子证明，当时和你在热海车站前聊到4点半，然后你坐出租车走了。她是一直目送你走的。后来她和阳子一块儿检票进站。这是一条十分精密的计谋。听到这一点的人，都会认为是笃子和阳子一直目送你走的。所以我又向那个老服务员打听了一下，并把阳子叫来问过了。当然她的回答和我预料的一样，‘老板娘和阿梶先生说话时，我去买票了，回来时，阿梶先生已经走了，只有老板娘一个人站在那里。后来我们两个人就检票进站了。那时正好是4点半钟吧’。也就是说，你所说的4点半乘坐出租汽车离开这一情况，严格来讲，只有柴田笃子一个人才是证人。”

“反正事实总归是事实……”阿梶无力地说道。

“关于你说你在4点半还在热海车站的证词，有十分重要的价值。因为这说明你还没有乘上4点23分开往东京的‘回声’号列车。假如你没有坐上这列火车，那么你就不可能在夫人打网球回来之前结束作案。也就是说，柴田笃子一个人的证言可以证实你的行为。可是，笃子为了报恩，和你共同欺骗了警方。实际上呢，你是在4点20分左右在检票口前和她见面的。她让阳子去买票后，你马上转身上了4点23分开往东京的列车！”小田切一口气说完了。

“你在编造谎言！”阿梶再一次发火了，“无论如何我有‘不在场证明’！”

“可它却有了破绽！”

“不，不对！你这是在胡说……你说我的‘不在场证明’是虚构的，但我根本没有必要编造这个谎言！老板娘说的是事实！”

“夫人，您信吗？”

小田切像一个胜利者一样看着千卷。

“这个男人过去也是个计算机方面的专家，但却把这一点牢牢地隐藏起来。他由于工作上的失误，离开了原来的公司，来到了现在这家管理公司，开始从事偷盗有价值的软件的勾当！尤其是他搬到你家旁，成了邻居才一个半月，您的丈夫芦田先生就遇害，而他的‘不在场证明’又那么禁不起推敲。难道您不认为这些都是一个完整的计划吗？这个男人是企业间谍，他是杀害芦田先生的凶手！”

“胡说八道！我绝对不是杀害芦田先生的凶手！”

“别喊！还有一个证据！”

说着，小田切从沙发上站起来，把手指向身后的书架。

“在这个书架上就有许多和计算机有关的书籍！因为你是间谍，你就要学习这方面的知识。不但如此，如果你不是问心有愧，干吗要把这类科技书藏在爱情小说后面？！”

说着，小田切把前排的书拿掉。这时，阿梶向他扑了过去。

小田切仰面朝天跌倒在地上，阿梶扑过去重重地压在了他的身上。

接下去就发展成了一场格斗。

千卷吓坏了，她从椅子上站起来连忙后退了几步。突然她的脚碰上了一个坚硬的物体，原来是刚才阿梶放在一旁的猎枪。

这时，小田切像一名刑警一样，把阿梶反手压在了下面。阿梶却没有束手就擒，他虽然清瘦，但动作灵活，毕竟他比小田切年轻十岁。

小田切一边气喘吁吁，一边咬牙切齿地喊着什么。

“夫人，快……电话！给警察……这家伙是杀害你丈夫的凶手！……”

千卷不知所措，站在那里一动不动。

“快……他是凶手……”

一刹那间，小田切看到了猎枪。

“那个……把那个……对着他！”

于是，千卷迅速从身后捡起来那支猎枪。无意识地摆成了射击的姿势，枪口正好对准了正在扭动着的阿梶。但由于两个人不停地扭打，距离千卷的枪口很近。她不知道该如何是好。

于是，她把枪口指向了一边。

“快！快……用它制服阿梶……”

小田切伸着手，拼命地要压制住阿梶，然后意欲起来抓猎枪。千卷看他要过来抢枪，又条件反射地把枪口冲向了他们两个人。

就在这一瞬间，千卷不由自主地扣动了扳机。

枪声响了。

枪口正好冲着抬起了半个身子的小田切。

他双手捂住胸口倒在了地上，渐渐地他松开了双手，眼睛却直直地瞪着。

第五章　危险的出发

1

一道闪电，接下来就是雷声大作。

千卷似乎根本就没有听到，她木然地站在那里。

趴在地上的小田切，一动也不动。胸口流出的血，渐渐地蔓延到周围地上。

这个人不行了吧……

当千卷意识到这一点时，不由自主地扔掉了猎枪，她的双腿剧烈地抖动起来。

这时她突然清醒过来。

“我明白了！”她喃喃道，“从一开始我就明白了，肯定会出这样的事的……”

这时，阿梶朝千卷走近了一步。

两个人的视线在空中交汇在一起。

阿梶又走近了一步。他来到了千卷的身边。一瞬间，两个人情不自禁地紧紧搂在了一起。

接着，两个人的嘴唇碰到了一起。

他们长时间地疯狂地纠缠着……

渐渐地，阿梶松了手。这时从被堵着的千卷嘴里发出了呜咽声。

阿梶用力扶着哭泣的千卷，过了一会儿又把她轻轻扶到了沙发上。

然后，他蹲到小田切的身边，拉起小田切的左手，摸了摸他的脉搏。

他闭上眼睛，静静地感受小田切是否还有脉搏跳动，然后把他的身子翻了过来。小田切那张由于失血而十分苍白的面孔上，一双眼珠几乎要瞪出来。

阿梶看了看小田切那出血的伤口，又把耳朵贴在他的左胸上听了听。

过了一会儿他才抬起头来，看着千卷摇了摇头。

“是我干的。是我杀了他！我把枪口对着他才……”

千卷又剧烈地大声哭起来。

“向这个男的……不是向我……你是有意识要……”

“当时我惊慌失措了，现在回想起来，我还是很清醒的，可我没想开枪呀！”千卷哭诉道。

“我记得枪里也没有装子弹呀！可里面还真有……也许是上次去伊豆打野猎时剩下的一发吧。”阿梶来到离小田切不远的椅子下面，捡起了那支枪。一边打开弹仓一边说道，“我还真不知道这是一支两连发的猎枪。当时我只开了一枪，谁知道这就剩下了一发。回到家后，我应当马上擦枪，那就会发现了。可回来后我给忘了。你来之前，我正要打开清理一下……”

“我也觉得奇怪，你是不是间谍？因此我有意接近你，想调查一下，今天夜里……”

千卷也弄不清刚才给阿梶的杯子里放安眠药是不是现实，那仿佛是很久以前的事情。

“小田切先生已经偷偷地监视我了。当那家伙说我是你丈夫的敌人时，我就意识到他一定抓住了什么证据……我是在那一瞬间意识到的。不，那也是一种无意识的本能……其实我也不知道为什么想要接近你……反正每天我都盼着能见到你……”

“我早就看出来了。”

阿梶平静地说道：“我爱着你……”

“……”

“就在我第一次见到你之后，从那一天后……可是，芦田先生和你，看上去是多么完美的一对夫妻呀！”

“我的确是这样希望的。不过，真正的……”

突然，窗外又一道闪电划过。两个人吓了一跳。他们有半天没有听到雷声了。雨也小了，但风好像大了起来。

两个人的目光同时看了一下小田切的尸体。

“我捅了这么大的……”千卷又哭起来了。

“可你是为了我。”阿梶说道。

“我去自首？”

“不……”

两个人再次双目相对。

这个人是间谍，是杀死我丈夫的凶手。可为什么我却杀死了揭露这一事实真相的男人？

丈夫死了还不到一个月，我却……

自己的心……还是不是人心？自己也不明白……

阿梶把那支猎枪放到远一点儿的地方。朝厨房的窗户走去。

像刚才一样，他把眼睛贴近窗户，观察外面是否有异常。

“好像没有什么异常，可能是雷声掩盖了枪声。这儿离别人家又远。”

他背着千卷，观察了许久。也许他在思考着下一步的方案。

过了一会儿，他对千卷说道：“处理尸体吧。”

“啊……那……”

“反正要尽量离这儿远一点儿，运到山里去。”

听到这里，千卷浑身一颤，僵硬了一般。这时她感到十分寒冷。

阿梶从橱柜里拿出一瓶白兰地酒和两个杯子。

“喝点儿吧？”

千卷一口气喝光了一杯白兰地酒。

阿梶也一口干完了，然后从书架的一端抽出一份交通图。

“如果走中央高速公路，可以到达里高尾。那一带可尽是深山。从那儿尽可能地往深山里运，挖个坑埋掉。这是人们常用的方法。不过今天也只有这个办法。”阿梶自言自语道。

千卷什么也没有说。

“也许这是最好的办法。”

“什么时候？”千卷终于开口了。

阿梶看了看手表：“8点20分了。在这之前……”

说着他站了起来。把小田切来时放在脚边的一个茶色的皮包拿了过来。这是一个高校学生常用的旧式的可以折叠的皮包。

他从里面找出一个笔记本，打开来看。

“7月7日星期五……芦田家……在这后边，高田马场，9点。”

千卷也凑过来看，小田切的字很有自己的特点。

“也许他要从你家去高田马场。”

“嗯……”

刚才小田切说“正好想要和阿梶先生和夫人谈点儿事情”，今天夜里他想向千卷问一些关于阿梶的事情，或是想听一听千卷对他有什么怀疑，然后再去高田马场办别的事。但又因没有找到千卷，就径直去了阿梶的家。

但是，千卷正好在阿梶的家，这大大出乎了小田切的意料吧？

“一会儿我们处理完小田切的尸体，再去高田马场吧。”

“什么，去高田马场？！”

“不，只是往返一下车站。对，快点儿，也许他预定了出租汽车到你们家呢！”

阿梶说道。

“哎呀，一会儿会来电话的。”

“你马上回去，马上叫出租汽车。”

千卷像失去了判断力一样，听从着阿梶的吩咐，出了大门。

“小心，别让别人看到。”

阿梶嘱咐道。

雨小了，可还在下着。昏暗的街道上一个人影都没有。

千卷回到自己家里，给出租汽车公司打电话。

两三分钟后，阿梶也来到千卷家。他穿上小田切脱在他家的橘黄色的雨衣，拿着一把黑伞和他的那个皮包。

“他今天来这儿的事，公司里很可能是知道的。所以，以后有人问时，你就说来了，并说他又去了高田马场。”

出租车到了，外面响起了汽车喇叭声。

阿梶打开了房门。

“夫人，打搅了，告辞。”他故意大声说着，然后又迅速地低声说道，“我马上回来，你什么也别想，在家好好休息。”

车声远去了，千卷步履蹒跚地回到起居室里，一下子倒在沙发上。

她把头深深地埋在双手之中，纷繁杂乱的各种思绪时涌时退，搅得她心里乱糟糟的。

她想，应当马上计划出一个万全的对策来，可她又感到这时脑子如同一团浆糊一样，思考功能处于极度麻痹的状态。不一会儿，她就仿佛昏迷过去一般，处于梦幻之中了。

电话铃响了，千卷猛然抬起头来。

她稍稍定了定神，还是拿起了听筒。

“喂喂，是我。”

是阿梶的声音。

“这会儿我到家了。”

听他这么一说，千卷立即看了看表：9点37分。他居然回来得这么快。

“我从新宿回来的。因为是星期五，车站那儿人还多着呢！因为我一个熟人都没碰上，所以我想就是去了高田马场也没什么意义。”

千卷没有回答。

“马上处理尸体吧。必须在明天早上之前处理完！幸好是这么个天气，不太惹人注意，能把车开到我家来吗？”

“好吧……”

“小心，别让人发现！”

阿梶叮嘱道。

跟千卷家相隔了一条未经整修过的马路，就是农工大的大片农场。那里白天也不容易有一个人影，这会儿黑乎乎的大片树林如波浪一样随风摇曳着。

千卷迅速换上了T恤衫和长裤。

她把自己那辆宝马车从车库里开出来，然后停在了邻居的门前。

当她走进阿梶的家里时，看到他正在用毛毯把尸体包起来。血迹在地毯上形成了一个圆形。

“子弹穿透了小田切的胸部，都打进地毯里了。啊，打开车的后备箱。”

千卷立刻走到屋外，照阿梶说的打开了后备箱。

这时，阿梶把尸体拖了出来。

两个人一人抬着一头，从大门口一直抬到车旁。千卷从未抬过这么重的东西，她咬紧牙关，不让自己摔倒。

阿梶在后备箱里摆弄了一会儿，好容易才塞下了尸体。

然后他回到自己院子里的车库——实际上是去现在充当仓库的房间里拿出一把铁锹，放进了后备箱里。

“东西呢？小田切带来的。”千卷问道。

“一会儿再处理皮包，可是鞋……”

阿梶又马上跑进屋里，把一双沾满了泥的茶色皮鞋拎了出来，扔进了后备箱里。

“还有没有忘了的东西……对，还要一个手电筒。”

“最好再找一份公路图。”

于是，阿梶再次跑回家中。

关上灯，锁上门后，阿梶来到车旁。

“我开车吧？”

“不要紧吗？”千卷问道。

“那当然！”

说着，阿梶坐到了驾驶席上，千卷则坐在了他的旁边。

阿梶把手放在操纵杆上，突然盯着千卷。

他深深地吸了一口气，说道：“那个……也就是小田切说的，根本不是真的。他曾对我这样讲过。不过，我没有想到他会对你这么露骨地说。”

说到最后，阿梶的声音有点儿颤抖，他的脸像要哭了一样扭曲着。

千卷没有回答。于是，阿梶便发动了汽车，车子行驶起来。

他们行驶在农场的树林和农田之间的小道上。

雨不知什么时候停了，夜空中飘动着白云。白云的间隙里有几颗小星星，不停地闪烁着。

千卷感到自己的头脑和身体全部在真空中一般，自己仿佛飘浮在浮云之上，被一种不可思议的感觉捕捉着。

我已经干了这种事，只好和这个人一起走下去了，无论到哪儿……

千卷仿佛又进入了梦幻状态。

“大概我陷入命运的圈套之中了吧？”千卷这样想着。

2

夜里2点50分左右，阿梶和千卷回到了家中。

汽车的行驶路线和开始设计的一样，从国立市府中的入口进入中央高速公路，向西驶去。阿梶把车开到时速一百二十公里。

他们在相模湖出口开出了高速公路，又开了一阵，进入了高尾山的西侧，通向小佛岭的山道。他们仅仅凭借着星光的微亮，行驶在这窄小的山路上。这条山路窄得只能通过一辆车，而且旁边就是悬崖。

“这儿就行吧？”

说着，阿梶停下了车，把小田切的尸体从后备箱里拉了出来。这时他们倒不怕突然出现熊或狼什么的野兽，如果被人发觉了才是最危险的。

两个人一人拉着毛毯的一端，把尸体抬进山林里。

在这片密密匝匝的树林深处，脚下全是腐败透了的树叶和枯枝。一旦脚底一滑，身体一歪，尸体就有可能滚到哪儿去。

阿梶像一头野兽一样喘着粗气，看上去他全身已被汗水湿透，他掏出手电一照，这儿离停车地点并不太远。

千卷想了好几遍，干脆就扔在这儿吧，但阿梶仍然固执地说：“再远一点儿，再远一点儿！”

他们吃力地又走了一会儿，来到一片被雷击倒的树木旁边。

“好了，就在这儿吧。”

于是，阿梶又返回去，把铁锹拿了上来。

阿梶开始挖起坑来，但十分费力。原以为被雨水一淋，土地会十分松软，不料也许是由于巨大树根盘根错节，在这片密林中用力铲下去的铁锹总被弹回来。千卷也替阿梶挖了一会儿，但还不如他挖得快。

而且，为了彻底埋葬小田切，还要挖得深一些才行。

“浑蛋……”阿梶放下铁锹骂了一句，他真有点儿泄气了。这么半天只挖出了仅仅二十几厘米深的“坑”。

他把包着小田切的毛毯放了进去。

“也许接触空气多，会尽快化成白骨一堆的。可我只是这样听说过。”阿梶像安慰自己一般说道。

“化成了白骨，就认不出来了……”

“可证明他身份的东西……西服上的标签什么的……”

“对，撕掉它。”

于是，阿梶解开毛毯，用手电照着小田切的尸体。千卷心中一阵恶心，连忙背过身去，用手捂住了脸。

随后，千卷听到阿梶用力撕去小田切上衣内侧的标签，阿梶又看了看小田切的衬衫，大概是件旧的，上面的标签早就没了。他还查看了一下上衣口袋，把钱包、月票等能证明小田切身份的东西统统取了出来。

由于要把现场处理得十分妥当，因此他们一点儿休息的时间都没有。

虽然说暴露于空气中尸体会很快化成白骨，可两个人谁也不再敢去揭小田切身上的那块毛毯。

茶色的底色配上小白碎花的毛毯，只好依旧裹在小田切的尸体上，但为了不让它过于显眼，他们又在上面撒了许多浮土和枯枝叶，然后两个人才从树林中走出来。这时已经是深夜1点30分了。

回来时也是阿梶开的车。操纵方向盘不是没有危险，但千卷无论如何一点儿力气也没有了。阿梶虽然平时看上去并不那么魁梧有力，但今天不知道从哪里来的勇气，使千卷感到心里轻松了许多。也许这就是男人和女人的不同吧。千卷在心中感叹道。

回来的车速达到了每小时一百二十公里。当宝马牌轿车停在千卷家的车库里时，仪表盘上的时钟已显示是凌晨2点52分了。

“累了吧。今天就这样，回去休息吧？”

坐在驾驶席上的阿梶说道。

“可，你家里还……”

听到阿梶劝说，千卷的脑中不禁闪过那卷起来的沾满鲜血的地毯，书籍散落一地，整个房间里残留着激烈格斗后的现场。

“我马上回去收拾一下就睡了。明天我还要去公司上班。以后的事，等我明天从公司回来后再说吧。”

“好吧。”

于是，两个人便下了车。

为了避人耳目，两个人都从车库通向房间里的门走了进去。

阿梶来到门前说道：

“如果明天，不，也就是今天，有人来打听小田切的事。”

“……”

千卷不作声。

“他无故在外边过夜，他的夫人肯定要找他的……特别是……”

“好了，先进来吧！你别回去了。”

打开门锁，两个人走进了房间。

上了几步台阶，就到了厨房。

千卷伸手想要去开电灯的开关，可阿梶却一下子按住了这只手，并用力将千卷拉入自己的怀中。

两个人就这样，慢慢地倒在沙发上。

谁也不说一句话。

他们缠绵在一起。

这时，阿梶把千卷的T恤衫卷了上去，低头亲吻千卷。千卷发出了轻轻的呻吟声。突然她一睁眼，像发现天似乎有些亮了。

果然，窗外的天已经微微发白了。

“天亮了！”

阿梶也停了下来，抬起头向窗外看去。

千卷趁机要挣脱开来。

“天亮了好啊！”

说着，阿梶更加猛烈地、急切地压住了千卷。

千卷也顿时像忘却了一切似的，向阿梶贴近。

阿梶如同一只凶猛的雄狮，发泄着自己的欲望。

千卷也忍受不住多日的饥渴，在阿梶的暴力中感受着作为女人的欢愉。

当两个人起身收拾自己的衣衫时，窗外已然大亮了。

“万一来人，万一来电话……”

于是阿梶马上说道：“就说小田切是7点半来的。”

“对。”千卷点了点头说道。

“在这待了大约一个小时，8点半就回去了。当然不是我家，而是从你家叫了辆出租车走的。记住了吗？”阿梶问道。

“明白了。”

“我想他或许也告诉公司他来这儿了，因为他要秘密调查我。也许他为了保密，只是一个人在进行调查，没有其他人知道。那么，他来你家时，我还没有回到家呢。”阿梶又嘱咐了一句。

“我就这样说，小田切先生晚上7点半来的。看了一下我丈夫的书房后，于8点半左右就回去了，说是还有件事没办。”

“对。你再说他去的地方好像是什么高田马场。除此之外，什么也不要说。”

“你还去公司吗？”

“当然要去。”

阿梶看了看手表，快4点半了。

“睡三个小时吧，幸好今天是星期六，下午2点就可以回来了。然后我再收拾一下房间。”

“那就马上睡吧，你也够累的了！”千卷轻声劝道。

“你也睡一下吧。而且你还要和平时一样，该干什么就干什么，虽然没有其他人见到，但毕竟发生了这么大的事情。”

千卷点了点头。阿梶搂着千卷，轻轻地吻了一下她，然后站了起来。

“我回去了，天也快亮了。”

“还回去吗？”

“对，从灌木丛跨过去就行了。昨天我正好忘了锁窗户。”

阿梶一下子笑了。

于是，两个人提着鞋，走进了芦田的书房。

自从小田切来过几次，并了解、调查了这个书房后，这里就一直封闭着，如同另一个世界一样无比冷清。进来后，千卷不禁也感到一阵寒意。

阿梶打开窗户。

一股清新的空气随着白雾流淌进来。

他穿好鞋，背冲着千卷，轻轻说了一句“好好休息”便跳进狭小的院子里去了。低矮的灌木丛中，有不少空隙，不需要从上面迈过去就可以进到阿梶的院子里。

千卷一直站在窗户旁，看着阿梶打开自己的窗户，临进屋前，又朝她点了点头，然后关上了窗户，拉上了窗帘。

看不到阿梶后，千卷感到庭院中的雾更加浓重了。同时，千卷的贫血症发作了，视线变得模糊起来。

不知心中怀念起了什么，一股不可名状的情感压抑在千卷的胸口。和芦田的十年婚姻生活，在这里就待了三年时间。自己是在怀念跟温文尔雅的丈夫曾经在一起的生活吗？

仿佛这一切在昨天还存在着，可在昨天夜里，自己就用双手破坏掉了。多么美好的回忆啊！可我已经没有资格再重温那温馨的生活了……

千卷蹲在地上哭了起来。

为什么哭泣呢？

这时，她注意到阳光已经照到脚边的地上了。

这光亮是那么刺眼。

死亡——千卷心中只有这个念头。

3

电话是上午9点40分响起来的。

千卷躺在床上，但一点儿睡意也没有。然而她还是在8点多钟下了楼。

打开了窗帘，她看到门柱上的报箱已经有了早报。这是一个雨后清清爽爽的早晨。

她冲了一杯咖啡，烤了几片面包，并煮了几个鸡蛋。

吃了一点儿东西后，她便到门外拿来早报看，报上没有报道关于芦田事件的任何消息。

她启动洗衣机后，便把盘子、碗拿到水池里清洗。整个“程序”和昨天一样十分顺手。

这时电话铃声响了。

是阿梶打来的？或者是——

千卷用力按着胸口，到起居室里拿起了听筒。

“喂……”

“啊，是夫人吗？”

“我是芦田千卷。”

“啊，您好！我是宗方。”

电话里是芦田的上司，也是公司的设计分析专家。

“这段时间给您添麻烦了。”千卷连忙说道。

“哪里哪里……身体怎么样啊？”问完了千卷的身体状况后，对方的声音低了下来，“那么，夫人，我有点儿事想打听一下，昨天，公司的小田切去您府上打扰了吗？”

连宗方也怀疑到自己的头上了。他会详细盘问的——千卷感觉到了这一点，不，不要上他的圈套！她回忆起和阿梶的计划，便下定了决心。

“因为他说要向我汇报一些事情，可这会儿……”宗方又补充了一句。

“他是来过。”千卷鼓足了勇气答道。

“什么时候？”

“昨天晚上7点半左右，在我家待了一个小时吧。”

“还有没调查完的事情吗？”宗方追问道。

“结束了吧，因为他连书房里的笔记本之类的都翻过了。”

“那就是一个小时，打搅您到8点30分？”

“嗯，我想差不多吧。”

“他没说还要去哪儿吗？”

为了表示在回忆，千卷稍稍顿了顿后说道：“他说还有什么事，要去什么高田马场……”

“啊，高田马场？！”宗方重复了一句，“别的什么也没有说？也没有什么可疑的样子？”

这次宗方的口气变得温和了。

“啊……”千卷有意迟疑了一下。

宗方马上又提醒道：“就是说他和以前去府上时有什么不同？因为这次他是晚上这个特别的时间去的，也许会说些什么可疑的话。”

“不过，我可没有问，也没觉得有什么……”

“那么，我实话实说吧。刚才小田切的夫人打来电话，因为星期六公司休息，她是查到电话号码打到我家里的。”

“……”

“她说小田切昨天一晚上没有回家，也没有打回电话。”

宗方解释道。

“那……”

“不，您不必担心，因为我想他这个人过去也常常在外面过夜。”宗方安慰道。

“真的？”千卷吃惊地问道。

“当然这有点儿太过分了，一个有家室的男人，有时是他们工程师的聚会，这样的事情很多。不过有时也因为太晚了，忘记给家里打电话。有时在一起打麻将，或喝多了酒，反正小田切这个人有时会马虎到不和家里联系的。”

千卷默默地听着。

“啊，我再让别人找找看吧，如果你接到他的电话，让他马上和家里联系一下。拜托了。”

“那……小田切先生调查我丈夫芦田的事情，结束了没有？”

虽然和刚才的问题有些矛盾，但千卷还是想确认一下。

“哦，关于这一点，大体上他已经写出报告书了。软盘也全都看过了，我们目前正在研究以后由谁来接替芦田先生的研究工作呢。所以，我想基本上不会再有什么事要麻烦您了……”

虽然他这样说，但千卷认为也许以后他还会来的。

不过，小田切对阿梶进行秘密调查一事，也许没有对公司汇报吧？

于是，千卷紧张的心情慢慢松弛下来了。

“他去高田马场调查什么呢……”千卷问道。

“哦，实际上是这样的。芦田先生在家里办公也是公司同意的，主要是为了照顾他的身体。不过，啊，正如您所知道的那样，各公司之间挖人才的竞争十分激烈，我们也要为芦田先生负责，免得让他上了当。于是派小田切进行调查。不，我们都弄清了，芦田先生是位忠于职守的出色的技术人员，请您放心吧！”

说完，宗方便挂断了电话。

放下听筒后，千卷才发觉自己全身都被汗湿透了。

她把脸伏在了桌子上，等到觉得恢复了精神，这才去了厨房。

洗衣机已经停了。昨天穿出去沾上了泥土的T恤衫已经洗干净了。

下午1点左右，电话铃又响了。

“我是阿梶。”

刚听到这句，千卷顿时热泪盈眶。

“没有别人来吧？”阿梶问道。

“嗯。”

“那好。我还以为你接了不少电话，或是有人来呢……”

“你在哪儿？”

“刚进家门。”

“啊，已经……”

“我马上收拾一下，然后去你那儿……”

“不，我去帮你。”千卷毫不犹豫地说道。

于是，千卷定了定神，和昨天一样，从厨房的门来到车库，再从车库门出去，当她确认了外面没有人之后，才向隔壁走去。

摘去了领带的阿梶打开了房门，让千卷进来。千卷一进屋，阿梶就迫不及待地搂住了她。

“小心点儿……”千卷嗔怪道。

“嗯……没有什么事吧？”

可阿梶仍不松手，一副马上要求欢的样子。

“AD医疗软件公司的宗方先生打来了电话。”

于是她把内容详细对阿梶讲了一遍。

“看样子小田切没有对他的上司说，太幸运了！”

阿梶也很高兴。

“可是，他说小田切先生的夫人查到了他家的电话并打给了他，也许小田切的夫人意识到了什么。而且他从未有过不给家里打电话就夜不归家的。所以，也许她很快会向警方报案的。”

千卷掩盖了小田切有时在外边过夜也不给家打电话的事。她希望这样能引起阿梶的重视。

千卷继续说道：“要是警察真来了怎么办？”

“我看就像回答宗方先生那样回答就行！”阿梶安慰道。

“你这里还是之前的样子吗？”

“我本想收拾完后再给你打电话。可回来后我迫不及待想听到你的声音。”

说着，他又想动手去解千卷的外衣。

“我也帮帮你，两个人收拾要快一些。”

千卷出乎阿梶的意料，坚定地拒绝了他的要求。

于是，两个人进了里屋。

由于阿梶打开了窗户和门，因此没有什么恶臭味。但空气中多少还是有点儿血腥味。千卷有点儿恶心。

染上了血的地毯，已经被放入了黑色的塑料垃圾袋里。那个猎枪打的洞还在吧。

由于这块地毯不太大，卷起来后用两个垃圾袋两头一套正好全部包起来。

在阿梶的起居室里，铺着两块小型地毯。是两块完全不一样的地毯。其中一块靠近沙发和书架，由于要抽出来特别费劲，加上没有什么血迹，所以他们决定不动它。

“这一块最迟也要在今天晚上把它带到很远的地方烧掉！”

阿梶指着塑料袋里的那块地毯说道。

“行吗？”千卷担心地问道。

“行。在日野公园的前边，大概是八王子附近，有一个废旧车辆处理厂，那儿的工作人员每天都要把报废的汽车回炉。因为焚烧炉没有人看管，所以我把它扔进去，浇上汽油就可以烧掉。”

“不会被人发现？”

“那个地方没人，又有高墙围着，大半夜的不会有人。”

阿梶把地毯拖到墙边。

然后他开始收拾猎枪。

千卷收拾起当时被小田切弄掉的书籍。

“如果你心中没有鬼的话，干吗要把科技书全都藏在爱情杂志和恋爱小说的后面……”

小田切的声音又在耳边响起来。千卷放在书架上的手停了下来，果然在前排书的后面藏着的书有一半包着书皮。

有几处破了的书皮里还露出了《安全使用计算机·入门操作》和《计算机使用方法》等书名。看上去这类书有七八本呢。果然和小田切说的一样。

阿梶抬起头来，看到千卷的样子，什么也没有说。

千卷默默地把那些小说和杂志仍然摆在前排。

阿梶把猎枪收拾好后送到了二楼，下来后打开了小田切当时放在脚边的皮包，看了看里面，把它放在了要烧的地毯旁。

“这个也要烧掉！”阿梶坚定地说道。

看到这只旧的茶色皮包，千卷像是突然想起了什么似的紧张地问道：“我说，那双鞋呢？”

阿梶也一惊：“不是……放在后备箱里的尸体旁吗？”

“后来呢？”

“在山上运尸体时……放进毛毯里一块儿埋了吧？”

“真的？！”千卷追问了一句。

“当……当时慌慌张张的……记不起来了……你不记得了？”

阿梶也有点儿慌了。

“我一点儿也想不起来了，只记得那双鞋的后跟很高，沾满了泥土……”

“也许还在车里？看看去！”

阿梶仿佛抓到了一线希望。

“我去！”

千卷小心翼翼地走出阿梶的家，回到自家的车库。

可是，不一会儿她就空着双手回来了。

“没有！”她几乎要喊出来了。

“那……那就是裹在毛毯里了，和尸体一块埋了！”

阿梶有点儿侥幸地说道。

“那……一定是的。可埋的时候也没有注意一下。”

好像阿梶在仔细回忆着每一个细节，然后他又叹了一口气。

“看来，我们处理得还是有纰漏。唯一幸运的是，小田切没有把他的发现对他的上司宗方讲。可也不敢说他没有对别人讲呀！这样一来，一旦知道小田切去向不明，也许这些人就会对警方报告这一线索的。第一，如果昨天有人看到他来你家了，这就会成为疑点；而且尽管我们认为处理尸体时十分隐秘，可也说不定我们在哪儿有漏洞……”

“难道没有办法了吗？”

阿梶郑重其事地说道：“你不要突然这么悲观，说不定没有任何纰漏呢！”

“也许我们会被抓起来的。”千卷一下子变得十分沮丧。

“嗨，走一步看一步……”

“都是我的错！”

千卷突然失声痛哭起来。阿梶连忙扶住了她的双肩。

“你是为了我，而且这也是小田切他逼的……”

“……”

“那家伙是个利用计算机捉弄人的疯子！他自己也这样承认。其实，芦田先生的事件不过是他的借口。他是想借这件事重新确立他在公司里的地位，也许这果然是次机会呢！想开点儿，别担心！”

“可无论如何，我都不能原谅自己……一个拼命追查杀害我丈夫凶手的人，我却把他……我都没脸活下去了！”

“不，这都是……”

“我要去死，我想了好久了。”

听到这话，阿梶紧紧地把千卷搂在怀里。

“等一等，先听我说。”

4

阿梶走进厨房，把威士忌从瓶子倒进酒杯里。

他一口气喝下半杯，然后放在冰箱上，又朝躺在沙发上的千卷走过来。

他拉过一把椅子，坐在了千卷的对面。他紧紧盯着还在抽泣着的千卷，低声说了起来：“的确，我是企业间谍。不，我不是从属于哪家企业的……”

说到这儿，他不好意思地耸了耸肩。

“和小田切调查到的的确是事实。我之所以从东京商产退职，就是因为计算机操作不当。我在辞职之前去资料室复制了许多资料，并清空了可能因警方调查而发现我利用漏洞隐瞒了部分资金的数据。这样一来，我也许不会受到警方的逮捕。总之，我希望不让公司知道是我的失误给公司造成了损失。可也许是因为小田切他那特有的情报嗅觉，也许是因为我意外的疏忽，让他发现了……”

千卷停止了哭泣，静静地听着。

“但这毕竟是事实。计算机的诞生，使人类分化成了两种人：一种是像芦田先生那样，充分发挥出了他的天赋和才能，成为行业的精英；还有一种，就像是小田切那样的败类。他们由于遭遇失败和挫折，便用扭曲的眼光来窥测人生。当然，人生并不会一帆风顺，会遇到许多的困难，有些人奋斗一生也一无所获。而小田切这个人又具有一种十分顽固、认真的作风，他要报答使他重新回到他盼望多年的岗位的经理的恩情。可他却对我在计算机领域内的成就抱有成见，于是便以卑劣的行径对我……”

“间谍？你是怎么开始做的？”千卷问道。

“开始……就是四年前吧。那时，一家软件公司的人员找到我，要我去与美和综合管理中心签了合同的公司里，盗窃他们的资料软盘。于是，我便从公司的业务部查找出签了合同的每家公司的地址，以检查现场为由，出入公司进行活动。我有时是一个人，有时是两个人一组。但主要还是我一个人，寻机下手。幸运的是，这些公司对我的出入并不戒备，因此我经常得手。”

“从什么时候开始的？”千卷又问了一遍。

“是我从东京商产辞职后还不到一年的时候。那时我没有了工作，没有生活来源。实际上还有一件事，在我辞职后不久，我就出了一起交通事故，把对方的司机和副驾驶席上的人撞伤了。虽然对方没有从行政处罚上更多地追究，但却要由我支付部分赔偿金、工资和奖金。这样一来，不仅我，连我母亲的生活也成了问题。这些都一言难尽呀！”

“方法很简单吗？”

“确实并不困难，只要把对方保存的软盘偷出来就行了。我偷出来放在夹克衫的口袋里，然后到车上的计算机里迅速复制，再马上送回去。由于时间很短，所以一般人都不会注意。过去一般是晚上偷出来，第二天送回去。干得还挺顺利。”

“那人家什么时候发现的？”

“哦……其实偷来的内容我一点儿也不懂。由于雇佣我们的公司一旦拿到就会立即修改成本公司的模式并迅速商品化，所以一般也不告诉我们具体的内容是什么。只要求我们绝对不能暴露。后续的事情我就不可能知道了。”

“……”

“反正由于我屡屡得手，后来他们又找过我几次。而小田切掌握的好像只有两次。一次是同一个设计软盘，再一次是内容完全不同的，但也是我们管理的一个公司。这次给了报酬，可全用在处理那起交通事故上了。这时，我母亲租借的热海的房子租金又涨了，我在经济上又陷入了困境，到了借钱过日子的地步。我曾下了决心，洗手不干，可是……”

“也要对芦田进行这样的间谍活动？”

“是的。说这是最后一次，并说好要给一大笔钱，还说要负担我一年的租金，于是我答应了。”

“成功了吗？”千卷盯着阿梶问道。

“我先制定了一个计划，”阿梶没有正面回答，“要和芦田先生接近，查出他的软盘密码，这样就可以直接通过计算机进行窃取了。”

千卷似乎听不懂了，因为她缺乏这方面的知识。

“因为这些软件，除了芦田先生个人有之外，公司也存储了备份。所以没有密码是无法获得的，这和信用卡的道理一样。”

“哦……”

“这个密码指令的长度，有三十位数，短的也有八位数，也许是防止让外人轻易地查到吧，但也专门有人研究这些密码。比如说，设置密码的人，常常把自己或家庭成员的生日，或是什么纪念日当成密码数字，这样比较容易记。可有的人不这样，十位数以上时连他本人也记不住，于是就记在笔记本或是日记本里，也有的是贴在办公桌或电话机的下面。反正这和本人的生活习惯有关。因此，只有接近他本人才有机会探查出来。再加上反复演练，这样就可以推测出来了。并且往往准确率很高。”

其实，在别人窥测他的成果时，芦田也在偷偷地出卖自己的成果。

在科学技术如此尖端的领域里，居然还有这么多黑暗、丑陋的内幕，千卷简直不知该说什么好了。她的思维仿佛被一条冷酷的铁链紧紧束缚住了一样。

“我们对芦田先生尤其感到为难的是，不能使他陷入‘出卖本公司情报’的困境中去。而且一定不要使他对我产生戒备心理。因此我的神经绷得紧紧的，好像我成了受苦受难的罪人一样……”

阿梶说到这儿，不由得把目光向远处望去。

“这个原因是我见到你后，爱上了你。与此同时，我又发现你们是一对相亲相爱的夫妻，几乎使我不敢有什么妄想。因此我处在一种近乎自我煎熬之中。尽管这样，我还是要想方设法地接近你，这完全偏离了我原来的意图……”

停了一会儿，千卷低声说道：“什么相亲相爱，根本不是那么回事儿！”

阿梶静静地听着。

“不，很久以来，我也坚信这一点。我对丈夫从未有不满意，他对我也可以说是百依百顺。可直到今天，我才感到……”千卷有些不敢正视自己真实想法似的迟疑了一下，“芦田真正爱的不是我，而是计算机，对于他的计算机的才能，他十分骄傲。而我有时竟然会成了他工作上的障碍。和别人的妻子一样，他对我一点儿欲望都没有。”

“障碍？”阿梶不解地问了一句。

“对，就是孩子。”

千卷冷冷地说出了一句话。

“以前我说过，我曾经流产过。这个原因是我有先天性的疾病，不能怀孕。但是芦田却并没有埋怨我，反而安慰我，劝我想开点儿，我很是感动。后来我才知道，他之所以这样，是因为他特别讨厌孩子。自此之后，我一直在想，他是不是打算一辈子都不要孩子，是发自内心不喜欢孩子。既然如此，我也强迫自己不再去想，当做是丈夫对我的体谅，这样不是很幸福吗？”

“可是，小田切不是也非常感谢芦田先生吗？不管怎么说，他应当感谢是芦田先生的才能才使公司有了今天呀！”

“但是，后来这个小田切渐渐被芦田的才能刺激了。”千卷说道。

这时，她的脑海里又浮现出，在那家饭店，芦田和东京软件集团的初冈对话时的情景来，当时从芦田那面带满意笑容的侧脸上看，交易似乎进展顺利。他把头侧向初冈，并不时地点着头。

那时的芦田，与其说心中产生一种背叛公司的自责感，倒不如说在他的内心深处产生了一种由于自己的才能而受到别人高价追求的快感。

那时，从饭店里走出来的初冈那一副阴郁的异样表情，芦田回到家中那十分爽朗的笑容，以及给千卷礼物时的情景……

“那个人的优越感本身不正是一种自私自利的表现吗？”千卷气愤地说道。

“可哪个人不是自私的呢？”阿梶的语气中带有一种指控的腔调，对千卷的内心产生了一种不可名状的冲击。

难道我也是个罪恶深重的妻子？我背叛了我的丈夫，至少我没有在他背叛公司时拉他一把！

“丈夫的死全是我的责任！”千卷坚定地说道，“是我先背叛了丈夫。在杀死小田切先生之前，在和你有了那种关系之前，我就……丈夫死了之后，我一直被要补偿丈夫的心情折磨着。今天我终于明白了，我从心底里就根本不爱我丈夫，我终于知道了！”

“……”

“和你发生了那样的关系，从第一次见到你后，在我的潜意识中就产生了一种渴望。当时我很害怕，想尽可能避开你。啊！那个……我今天终于明白了！”

“哪个？”阿梶问道。

“就是在我家开欢迎会的那个晚上！你当着我们的面，说你很快要结婚了。从那时起我就产生了一种本能的恐惧。对我来说，你是最危险的敌人，也许是你给我套上了一个看不见的圈套！”

“看不见的圈套？”

阿梶从牙关里挤出这几个字，从椅子上站了起来。

他坐到千卷身边，一下子抱住了她。

“什么圈套，对我来说是幸福的……”

“不！”

千卷条件反射地扭动着身子，从阿梶的手中挣脱出来。

“我是个可怕的女人！自己什么都干不了，成了今天这个样子，连自己都不相信自己了。我，我还是自首去吧！”

“笨蛋！不能去！”阿梶吼道。

“不，如果我自首了，你就会从犯罪嫌疑中解脱出来了。”

“不！与其那样，我们已经做了那种事了，不如我们两个人……”

“阿梶君，你要我做这样的事，难道以后你不会恨我吗？如果我没有打死小田切，你也许会有更好的托词。什么间谍之类的事，在芦田被杀后，就没有任何证据了。”

“不，这是……”

“求求你，阿梶君，请记住这一件事。”千卷说着，眼中流出了热泪，“我杀死小田切……在这之前我就意识到了。我爱你！为了保护你，我只能那样做……当然了，我开枪还是在一种无意识状态下进行的。因此，应当饶恕我……”

“你在说什么呀！我应当感谢你！”阿梶说道。

“谢谢。你能明白我的心就好。我要补偿我的罪。”

“不，我从来不认为你有什么罪。”

“可我不能这么活下去。让我去死，要不就去自首。我下定决心了！”

“如果你死了，我也无法活下去！因为……我知道事情的原因了……”

“你不能死！”

“那你也要活下去！”

“……”

“千卷！”阿梶第一次直呼千卷的名字。

“无论如何我们已经处理完了尸体，后面就是打赌了。要死，什么时候都可以，走一步看一步吧！”

“不，我……”

“你要说什么？”

阿梶一下子用嘴堵住了千卷的嘴。

“好了，别说了。千卷，我要你闭上嘴。”

阿梶紧紧地搂着千卷，千卷咽下想要说的话，闭上了眼睛。

“就像你说的那样，我们都掉进了一个圈套里，可这个圈套一定是幸福的圈套！”

阿梶坚定地说道。

千卷默默地点了点头。她胸中又涌动出一种渴望，于是她紧紧地抱住了阿梶。

第六章　女邻居

1

7月10日星期一的早晨，市立区的绫濑警察署防范科的两名身穿制服的警官，到千卷家来拜访。

“住在我们管界的‘竹之冢’公寓里的小田切晋一郎先生从上个星期的星期五就没有回家，关于此事，我们想向您了解情况。昨天他的妻子已向我们提出了寻人要求。”

站在门口的一位30岁左右的警官，用坦率的口气说道。

“啊，还没有找到他吗？”千卷瞪大了眼睛问道。

“您也知道了？”另一名警官问道。

“嗯。星期六的早上，他所在公司的宗方先生——也是我丈夫的上司——打来了电话……”

“是的，公司方面也提出了寻人的请求，因为他们一点儿线索也没有。”

千卷没有说话。

“我们得知小田切先生最后见到的人是您，因此前来打听一下当时的情景。”

两名警官似乎有要进屋里谈话的样子，他们看着千卷，千卷决定给他们一个积极配合的良好印象。

“如果不急，那就请进屋里谈一下吧。”

于是这两名警官马上脱下了鞋子。

这两个人一进来就好奇地四下张望。千卷请他们坐在沙发上，并迅速端上了饮料。

“那么，小田切先生来这儿的时候，是星期五什么时间？”

他们肯定从宗方那里打听过了。想到这千卷马上答道：“晚上7点20分左右，那会儿雨挺大的……”

“说了些什么？”

千卷回答道：“小田切为了了解我丈夫的研究进展到了哪一步，到我家来过几次。星期五的晚上说还想起点儿事来，便又来了。他进芦田的书房看了看笔记本，待了一个小时左右就走了。他还要了一辆出租汽车，等了五分钟，车来了之后他就走了。

“那就是8点35分左右？”

“好像应当是……”

“他说去哪儿了吗？”

“说了，说去高田马场有什么事……可他只喝了口茶，没有详细地讲。他又觉得来得太晚了……”

“嗯……”

提问的警官低头看了一下笔记本，点了点头：“这个人有这样的毛病，想起来什么事，也不管什么时间，对方方便不方便……”

恐怕这也是从宗方那儿听说的。

“他要了出租车，那么问一下出租车公司，不会不知道他去哪儿了。”

也不知道当时阿梶这个“替身”露没露出什么马脚，千卷提心吊胆地看着这两个人。

听千卷这样讲，警官说道：“我们已经调查过了，他到了府中车站。当时他问司机吸不吸烟，所以司机记得很清楚。到府中就五分钟路程。那人连一支烟也没有吸完。”

“哎呀，那个人可真是个烟鬼。”

千卷不禁回忆起当时的情景来。阿梶没事儿和司机瞎搭话，会不会暴露身份呢？

“那么，小田切先生离开时，除了说要去高田马场外，还说了什么特别的话吗？”年轻的警官问道。

千卷马上意识到这也和宗方问的一模一样。

“嗯……我不记得还有什么特别的，不过，他只说去那儿办点儿什么事。”

“是吗？”

“也不知道他去了没有？”千卷故意问了一句。

“哦，车站的工作人员说，好像有一个外表和衣服差不多的男人检了票上了车，但没有十分的把握。因为他是在自动售票机那儿买的票，去了哪儿也不清楚。”

“可今天都第三天了……”

千卷说完低头咳嗽了一下，胸中仿佛针刺一样难受。

年长的那位喝了一口可口可乐，一边放下杯子一边问道：“不，对一般失踪的人，我们不会问得很详细的。我们人手又不够。不过，小田切先生的情况有些不同。”

“……”

“当然了，就是可能和您丈夫的事件有关。小田切先生了解您丈夫的研究工作，并想要通过这一点抓住凶手，那么他没有对您再详细地说些什么吗？”

“我……想不起来了。”千卷遗憾地歪着头想了想，“而且我，实在不好意思，我一点儿也不懂计算机，因为小田切先生知道这一点，所以我想他认为和我谈这些也没有意义吧？”

对方一直盯着千卷，但还是同意似的点了点头。

“以后有事儿的话府中警署的侦查总部还要和您联系，如果您有什么线索，也希望及时向我们提供。”

说完，他们留下联系电话，总共待了不到三十分钟就走了。

送他们出了大门、关上门后，千卷才意识到自己快要瘫软了。

看不出他们在怀疑或考察自己，但千卷心中还是十分紧张和恐惧。

小田切的失踪与一般人的离家出走不同。

“当然了，就是可能和您丈夫的事件有关。”

如果府中警署的搜查总部和绫濑警署携手，出动大量人员调查，也许小田切的尸体很快会被发现的。

也许会在尸体化成白骨之前呢！

一旦对尸体进行检查，马上就会明白他死于猎枪子弹。这样一来，由于离千卷最近的阿梶有猎枪，也许会认为是他们两个人合谋杀死了小田切。

如果是这个结果，我马上去死！

千卷下定了决心。

本来自己就打算在打死了小田切后就立即去死的，但阿梶制止了自己，而且自己心里也胆怯了。当时产生了一种奇妙的意识：如果自己死了，剩下一个阿梶会很可怜的。

不过，如果小田切的尸体被发现了，那么阿梶的间谍行为和芦田被害的真相也就会大白于天下，那时即使自己先死去了，恐怕阿梶也难逃罪责。

千卷抱定了必死的决心后，心里反而变得平静了。

如此说来，这个“死”的瞬间，也不清楚何时才会到来。

必须把身边的东西准备好。

于是她站了起来，打开了书房的门。

丈夫的不幸发生后，再加上小田切那件事，进到书房就成了千卷害怕的一件事。

但她又一想，自从小田切进去后，里面还没有打扫过呢。

梅雨期间少有的阳光，在拉开窗帘后把书房照得通明。

千卷又打开了窗户。

越快打扫越好。

她竭力压抑着心中的恐慌，马上打扫起来。

正好今天是好天气，要让风把书房里面的那间小屋也吹一吹。

她打开这间小屋的门，这是一间只放了一张单人床的卧室，是芦田在工作疲劳时休息的小屋。

因为当时是按他们的要求设计的，所以小屋里还有一扇小窗户。

千卷把这扇窗户也打开了。

这时她回过头，正视这张小床还需要相当的勇气。

那一天，丈夫就是趴在这张小床上死去的。当时，床单上都染上了鲜红的血迹。

现在床上只铺着一条床单，放着一个枕头。当时血染的被子和遗体一块儿被警察拉走了，说是要让法医鉴定。

床单和枕头由于没有沾上血迹，所以就留了下来。

因为可能还要检查现场，所以床单和枕头也没有更换。

由于法医们在枕头和床单上进行了详细的检查，所以床单上有一层污垢和浮土。

千卷想把枕头和床单一块儿洗一洗。

这白色的床单使人联想起医院的病床。

千卷来到了二楼的卧室里，取出一个新的枕套和一条新的床单。看见衣柜里的被子，她一下子想起来这是丈夫喜欢的一床极薄的羽绒被子。5月初时，也就是事件发生的前几天，由于丈夫说天气热了，千卷才收起来，放进了柜子里。

千卷抱着这床被子从二楼走下来。

她想让书房里的这间小休息室尽可能地保持丈夫生前的原样，像什么事都没有发生过一样。

这时，她突然觉出了有点异样……

她马上又返回书房，重新打开了那间小休息室。

蓝色的床单，同色的枕头，上面是一床羽绒被子。

千卷的手摸到被子和床单的结合处时，停了下来。

她发现在被子上的缝线针脚里，有一根长约五厘米的头发。

她用手指小心翼翼地把头发捏了起来。

被子上粘有头发并不奇怪。但这床被子因为不太脏，所以没有拆洗过。

可是——这不是丈夫的头发。这根头发微微呈茶色，还是烫过的弯曲状。丈夫的头发已花白了。虽然过去也曾是黑色的，但是直挺挺的。

千卷的头发是黑色的，但比较粗一些。

她不禁仔细打量起这根头发来。

细细的、软软的，肯定是女人的头发。接近茶色，说明染过。再看不出什么别的特征，但这是一根十分有光泽的头发。

如果不是女人的头发？

那又是什么人的呢？

住过家里的客人，少得可以数过来……千卷的母亲和姐姐，还有弟弟和弟媳夫妇。

不过他们都给客人用专用的被子，而且这根头发和母亲、姐姐的截然不同。她又重新回忆了一下弟媳的头发，也排除了。弟弟和姐姐的头发一样，又黑又硬。弟媳妇的头发是明显的茶色，颜色和这根也肯定不一样！

那么是谁的呢？

也许让警察调查一下就明白了吧？

那一天警视厅来了不少法医，对这间屋子进行了长时间的详细搜查，从床具到床上，连旮旯都查遍了，床底下也看了一个够。

如果这根头发当时在这间小屋里，肯定会发现的，因为它会成为一条线索的。

但是，他们对不在这间屋子里的被子却没有检查。

那么，5月初以前，是谁在这张床上留下了这根头发呢？

府中警署的森兼警部的话又在千卷的耳边响起。

“不，因别的事件，我们调查了不少离开家专心写论文的大学教授的家庭，一般情况下都在办公室里摆一张床，说是本人在写累了的时候休息用，可有时也成了和年轻的女秘书私通的‘温床’。由于有了床，男女之间的那种事就很方便了。”

如果真是这样，那么丈夫也有别的女人了？

刹那间，千卷仿佛受到了重重一击，瞪大了眼睛。

打网球，买东西，去见朋友，在自己频繁地离开家的时候，丈夫把那个女人叫来，在这张床上……

千卷闭上了眼睛，一阵阵电击样的疼痛穿过胸口。她在等待这个阵痛过去。

这是惩罚，还是什么别的？

直到今天，她才抓住了丈夫“背叛”的证据，而为了确认其真伪，她又不知道应不应当把它交给警察。

千卷把这根柔软的浅茶色的头发用一张薄纸包好，放进了书房桌子的抽屉里。

她站在桌前，通过窗户再次向阿梶的家望去。

我们已经不能后退了——

从哪里重新开始呢？

2

就是滴水不漏的犯罪计划，也会因小小的疏忽露出马脚的。当然要是一般人可能漏洞会更多。难道这是一次奇妙的天意安排？

小田切晋一郎的“失踪”仍然没有结论。

只是有一条不确切的线索：在那天夜里，即7月7日，一个和他样貌差不多的男人从新宿上了京王线的列车。于是，警方认为他出了芦田的家后到了新宿。

这个“情报”后来公司的宗方也对千卷说了。也就是说明阿梶的伪装达到了目的。

可小田切的失踪与芦田事件有何关联，目前仍无证据。

而小田切的失踪又不能单纯地认为是“离家出走”，警察力主说他是被卷入了与芦田事件有关的案件之中了，可又苦于毫无线索。

只有找到了小田切的尸体，才可以正式认定是起凶杀案。

但找到了尸体就能弄明白了吗？

阿梶和千卷的命运全都拴在一起了。

被发现的恐惧，和祈求平安的心情不停地摇摆着，千卷几乎是挨着日子生活。

傍晚，阿梶回家了。看到阿梶家的灯亮了，千卷心头的灯仿佛也亮了。

电话铃响了。

他们相互询问了一下一天的情况之后，便决定今天夜里什么时间、去谁家。

千卷偶尔让阿梶来自己家里吃几个菜，但严格限制在一星期两次。一般是傍晚千卷去阿梶家，半夜里阿梶偷偷来千卷家。他们每天都要变动一次信号，不敢明目张胆地来往。电话就成了他们的主要联络工具了。

这种无法相见、又要忍受渴望欢愉的煎熬比什么刑罚都难受。因此他们就盼望着天色黑下来，不会有人打扰的时候快快到来。

阿梶是独身，千卷又失去了丈夫，相爱应当并无不可，但在他们两个人身上似乎就不能这样说。

万一两个人的关系泄露出去，被警方得知，肯定会怀疑他俩是在芦田生前就有了奸情，这在社会上是公认的原因——奸情出人命。

最近，两个人的来往局限在院子内进行，低矮的灌木丛有可以过人的空隙；由于两个人常常从那里走，空隙变得更大了，也更容易通过了。

阿梶来的夜里，一般是上二楼，和千卷睡在一起。在床上他们盖的是厚实的床单。开始两个人都关上灯，不看着对方亲热，后来两个人渐渐习惯了，也敢开着灯行事了。

但每次阿梶那粗鲁和快捷的动作，都使千卷产生一种恐惧。

自己是过虑了吗？

为什么有异样的感觉？

是因为我爱的是杀人犯？

自从处理完小田切的尸体后，千卷几次想问阿梶杀死丈夫的情景，但始终不敢问出口。

一方面是怕激怒了阿梶，自己的生命受到威胁；另一方面是怕阿梶十分平静、冷静地对自己讲了之后，自己会发疯。

不，凭阿梶的性格，他是绝不会干这种事的。像小田切说的那样，无论芦田还是阿梶，都将有一个不幸的结局。

与其这样，还不如不问的好。

但一想到这些事，千卷就有如受到雷击一样地坐卧不宁。

我在爱着一个杀人犯。

为什么会是这个样子？！

虽然这样，可一旦千卷把自己的脸埋在阿梶的胸间时，就忘却了一切。从自杀的念头中逃出来后，又陷入了对死亡的恐惧之中。她想在这个人身边度过一生，幸运的话——如果允许的话，她希望能延长和阿梶同床共枕的时刻……

阿梶也是这样，他说当他搂着千卷时，心中才感到安宁；在爱抚之中，两个人会回忆起孩提时代的事情，互相吐露心声，而都尽力避免谈及这些不幸的事件。

“过去夏天一来，白天一长，就觉得可以在外边多玩一会儿……”

激情之后，千卷常常瞪大眼睛看着黑暗的窗外，而阿梶则疲惫地瘫在一旁，浑身大汗淋漓。他不得不离开千卷一点儿，进入深沉的梦乡……

“人类真了不起，可以利用黑夜。今天我比平日更希望天快快黑下来。”

他们约定两个人幽会，一定要等到天色完全黑下来。可今天刚一过8点，阿梶就急不可耐地闯了进来，而且突然紧紧地搂住千卷，拼命地把她向二楼拖去……

“外面全黑下来后我才安心！”

“我怕黑夜，只有和你在一起我才感到安全。一个人时，我总是吃安眠药。”

“可安眠药的量不能增加呀！”

“我知道。”

“还是小心的好，不然对身体不利。”

阿梶用多少有些责怪的口吻说道。由于安眠药不是药店里可以随意买到的，因此千卷必须要到医生那里去开。有时阿梶也找自己认识的大夫去开一些，但几乎都是千卷一个人吃。

“你也悠着点儿吧，白天工作那么累，少来一次不行吗？”

“我看你也开始打网球吧，这样对你恢复身体有好处。”

“对。我从9月就去。”

“到9月还有十来天，天快凉了。”

“我就盼着白天变短了。”

“越快越好啊！”

不一会儿，阿梶就没有精神了。

“快四十天了。”

千卷突然又说了一句。

从小田切被埋的日子算起——想到这里，千卷不禁心里一动：不知尸体怎么样了？

虽然这是他们之间确定的“禁忌”话题，可千卷还是情不自禁地说了出来。

而阿梶则滔滔不绝地说下去：“这段时间我看了一些参考书。死尸化成白骨，在平常的空气中需要数周，在土中要慢一点，大概两三年吧。”

“还是和空气接触要快一些。”

“空气中氧含量高，因此可以促进腐败，而且温度高更可以加速。书上写着，空气中、水中和土中，其差别分为1：2：8。”

“……”

“夏季和冬季当然不一样了，一般说来，尸体在夏季放在地上暴露着，只要几个星期；也有记录说在梅雨期八天就化成白骨的。”

“如果说数周，那到今天可四十天了。”

“对。虽说盖着毛毯，但仍与空气接触，埋得又不很严实，所以……”

“如果化成了白骨会怎么样？”

“如果被发现了，警方会将失踪人员的各种资料和这具白骨进行对照，确定身份，不过要准确地确定白骨的身份是十分困难的。例如，至少无法确定他的死亡日期和具体时间，那么，不在现场的证明，就成了难题。”

阿梶颇有信心地说道。

“可死因呢？”千卷担心地问。

“恐怕会查明的。不过，他的体内又没有残留子弹，不能断定就是被我的猎枪杀死的。”

“可是……”

“当然首要的是不要让他们发现，我们有必要再去一趟……”

“什么？”千卷吃惊地瞪大了眼睛。

“再过些日子，在确定尸体已化成了白骨之后，我要再去一次，如果……”

“不！”千卷紧紧地抓着阿梶。

“不！决不！”

“是我一个人去！”

阿梶一边抚摸着千卷的背部一边安慰道。但他的声音明显有些颤抖。

大概他也处于十分紧张的心情之中吧。

千卷突然意识到了这一点，像是力图安慰阿梶似的，她用双手捧着阿梶的脸，向自己的脸颊贴近。

“不要去了，万一被人发现可就全完了。还是就这样听天由命吧！”

“……”

“听话吧，人算不如天算呀！”

于是，两个人再也不说一句话，默默地紧紧拥抱在一起。

一股死一般的宁静充满了这个房子。

阿梶抬起头，吻着千卷的朱唇。

正当阿梶要脱去千卷的上衣时——

突然一阵高昂的说话声越来越近，虽然听不清在说什么，但肯定是有人来了。

两个人同时停止了爱抚的动作。

房间里再次静下来。

这时，一阵门铃声打破了寂静。

阿梶和千卷在黑暗中不安地对视着。

门铃又响了一遍。

“是谁？”

“反正要去看看，因为一楼亮着灯呢！”

一楼的灯照在房门上。

千卷下了床，她的心在剧烈地跳动着。

她穿好衣服走到门前，门铃又响了。

是不祥之兆？

仿佛一步迈进了万丈深渊。

逃走恐怕来不及了，只有听天由命。

千卷朝一楼走下去。

“听从命运的摆布吧！”

千卷心中不停地默念着。

这个命运之神正在叩响自己的大门！

3

“哪位？”千卷通过对讲机问道。

“我是汤原，房东。”一个粗犷的男人声音，“对不起，这么晚了。”

千卷顿时恐惧全消，马上打开了大门。

果然是灰白长发过肩的汤原老人。他站在门口。

“我是向您介绍一下刚刚新搬来的一位邻居。”

“……”

听了这句话，千卷一下子摸不着头脑，过了一会儿她才清醒过来。

“啊……那家……已经盖好了？”

千卷知道汤原在阿梶的房子对面又盖了一栋房子，不过……

“一个星期前就全盖好了。说实在的，我还担心事件会影响我的施工，还好……”

说着，汤原回过头，朝那套房子指了指。

这时，千卷才看到有一个个头不高、身材苗条的年轻女人正朝这儿走过来。

“我叫花泽缘子，请多关照。”

这个女人用十分动听的声音说着，然后又向千卷鞠躬行了个礼。

和她的声音一样，这个年轻的女人身材丰满。在她那小碎花的连衣裙的胸部，一对浑圆的乳房像要挣出衣服似的，十分醒目。她的腰身又纤细得恰到好处。

她长了一张小巧的圆脸，稍稍向上翘着的鼻子和厚厚的嘴唇给人一种挑衅的感觉。年龄在三十二三岁吧。这种长相显年轻，实际上或许已经超过35岁了。

“我叫芦田，很高兴和你做邻居。”

“啊，我也是这样想。芦田太太一个人住在这儿也太寂寞了。哦，对了，花泽夫人的先生一年前因车祸去世了。我想你们两个人会成为好朋友的！”

“啊，花泽太太也是一个人了……”

“不，我还有一个女儿，刚刚四岁。”

她说着向后看了看。

“花子，快来行礼！”

一个梳着齐颈的短发、头顶上扎着一个蝴蝶结的女孩子，躲在母亲的身后，羞怯地露出半张脸看着大人们。她的双手还抱着一只白色的小狗。

“花子和这条长卷毛的小狗杰克，我们是一家三口呢！”

千卷看到这母女二人和一条可爱的小狗在一起，仿佛是一幅美丽动人的图画。

“我们星期日就搬过来了，还请多关照！”

“我还想带她去看望一下阿梶君，不过好像他没有回来，明天我去告诉他一下吧。”

说完，汤原就和花泽一家走了。

千卷关上门，回到了屋里。

由于刚才做了最坏的打算，精神高度紧张，因此这时她仿佛全身都被抽去了精髓一样变得瘫软无力。

但是，不知为什么她马上又产生了一种迫不及待的欲望。

大概阿梶一直在二楼听着吧?

千卷若无其事地朝二楼的方向打了个招呼。

一直通过厨房的窗户向外张望的阿梶一下子回过头来。

“下来了吗？”

“好像又来新邻居了？”

“你看见了吗？”千卷问道。

“嗯，刚才也听到了。”

“就住你家对面。”

“那个邻居好像有点儿爱多事！”

阿梶不高兴地皱起了眉头。但千卷却感到他的目光里流露出了一种好奇的神色来。

两天后，8月20日星期日，正好和五个月前阿梶搬来时一样。

在盛夏的阳光的照耀下，下午1点多钟一辆卡车到了，接着又从一辆小轿车上下来了花泽缘子母女。花子还抱着那只叫杰克的小狗。

在这之前，房东汤原早就等在那里了，招呼了一下千卷和阿梶，并介绍了一下这位新邻居。

今天，花泽缘子穿了一件黄色的衬衫外套和一条牛仔裤，并向千卷他们介绍说，开车的是她的弟弟。果然他们姐弟二人长得很像。

大型家具是由大卡车上的工人搬下来的。

但他们走后花泽就发愁了。原来这些搬家公司的人，为了保证货物安全，几乎每件行李都包装得十分结实，只靠花泽和她的弟弟是打不开的，而且堆得满地都是。

一看他们姐弟俩吃力地搬运，阿梶便说了一句："我来帮你们吧！"

"哎呀，真不好意思！"

花泽依旧用她那富有青春活力的语调说道。

"我也帮把手吧！"千卷也一块儿来帮忙。

这套新房，和阿梶的家设计得几乎一模一样。

家具全部搬完后，将近下午5点了。

花泽的弟弟说还有事，向千卷他们道谢后便开车走了。

"真是多亏了你们，实在是太感谢了！"

房间的角落里堆放着十个以上的贴着胶带的纸箱。

千卷看着还要帮忙，但花泽谢绝了。

“不用了，我慢慢收拾吧。”

于是，千卷便要告辞。

“那么，要不要到我家去休息一下，我去沏点儿茶。”千卷说道。

“不必了。太感谢了，因为花子看上去很累了，所以我还真得让她睡一会儿。这孩子神经异常敏感，稍稍累一点儿就发烧，对啦，杰克还没有喂呢……”

“这样啊，那我就告辞了。”

千卷向阿梶那扫了一眼。他正抱着那只小狗，递给花子。

“今天实在对不起了，家里这么乱。等东西收拾好了，我一定再请你们来。请稍等几日。”

在身后花泽那清脆悦耳的声音中，千卷和阿梶离开了花泽的家。

“啊，以后我有什么不知道的事情，也许还要去打扰二位。”

花泽大声说了这一句后，便关上了大门。

两个人来到阿梶家门前时，相互看了看对方。

“今天夜里……”

阿梶说了半截停了下来。

“嗯……”

“照现在的情况，那个人说不定何时会突然闯进来。”

“是啊，反正要多加小心。”

随后两个人说好今天晚上到阿梶家一块儿用餐。

“如果过两三天还没有动静，就说明平安无事了吧？”

说完，他便像要避免被人发现他们说得久了似的，迅速离开千卷，上了自己家的台阶。

“我给你打电话。”

他头也不回地说了这句，便进到了屋中。

千卷满脸不快的样子，拖着疲倦的身子也回到了自己的家中。

白天给花泽帮了半天忙，到这会儿也缓不过劲儿来……

当千卷正要去院子里收晾的衣服时，突然听到从阿梶的家里传出了一阵喊声。

“不！不！快走！”

“杰克！杰克！”

第二句好像是花子的声音。

“哎呀，抓住了！好厉害的家伙！”

千卷情不自禁地跑向灌木丛旁。

她看到阿梶抱着那只狗，从院子里走出来，然后交给了站在门口的花子。

“谢谢！”

“不客气。随时过来玩啊！我也很喜欢小狗呢！”

“再见！”

花子回去了，来的时候她是穿过院子进来的吗？好像那只“杰克”是从灌木丛的间隙里钻进来的。

千卷看着阿梶目送着花子回家进屋后，她也马上进了屋。

她等着电话铃响，但是电话一直也没有响起来。

4

缘子的招待，是在搬来两个星期后，即9月2号星期六的晚上进行的。

星期五的晚上，缘子打来电话，说她要在星期六下午6点左右请大家来吃顿便饭，因为千卷料到阿梶会去，便一口答应下来了。

然后千卷又给阿梶打了电话，果然他也接到了同样的邀请。

“花子来过了，她说她妈妈要请我们去吃饭，她说如果回家早，可以早点儿过去。”

“原来是派花子去请的啊。”千卷说道。

“她是从灌木丛的间隙钻进来的。”

阿梶开心地笑着说道。

“我答应她六点过去。”

“那我晚到两三分钟。我们两个人一块儿去不好。”阿梶答道。

于是，第二天，千卷按自己说的下午6点钟到了缘子的家，并带去了一小篮苹果作为礼物。

“欢迎，欢迎！”

站在大门口的缘子满面春风地把千卷迎进屋里。今天她穿了一件色彩鲜亮的红色宽大短外套和一条黑色的裙子，这条黑色裙子裙摆很宽松。那件外套几乎是披在肩上，充分地展示出她那洁白丰满的胸脯。那天未搬家时她穿的黄色的连衣裙，也透着那么一股明显的性感……

“啊，真漂亮！太感谢了。”缘子一边接过苹果，一边热情地道谢，“啊，请吧。”

当千卷走进起居室时，她不禁“啊”的叫了一声。阿梶已经端坐在沙发上，那只“杰克”也安详地卧在他的双膝上。花子则坐在他身旁，小嘴甜甜地和他说着话。

“哦，刚才花子特意去找我，非把我拉来，也就比您早来一小会儿。”

阿梶辩解般地说道，他意识到他要在缘子面前装出与千卷关系一般的样子，但也不得不解释一下。

但千卷一看阿梶面前放的一杯粉红色饮料已经只剩下一小半，她就怀疑阿梶说的“早来一小会儿”的真实性了。

“芦田夫人，您喜欢喝点什么？”缘子热情地问道。

“啊，和他的一样就可以。”千卷说道。

她的目光落在阿梶的杯子上，她也不知道为什么这样说。

缘子很快就端来了一杯饮料，放在了阿梶对面的桌子上。然后她又给阿梶的杯子加满了饮料，自己则端了另一杯坐在了旁边。抬高一条腿搭在了另一条腿上。

桌子上，放了点心、蔬菜沙拉和奶酪，还有品川菜卷等许多饭菜。

三个人相互干了一杯后，缘子马上开口说道：“这段时间一直得到二位的帮助。我原想来这儿后人生地不熟，心里一直不安。可碰上二位这么热心的邻居，我真是非常高兴。连不爱说话的花子也活泼起来了……啊，花子，这儿好不好？”

“您以前住在哪儿？”

“东京的东边。是葛饰区的叫龟有的地方。再有一站就过了江户川，进入千叶县境内了。不过，如果坐地铁的千代田线，二十分钟就可以到达市中心。那个地方也是个要开发的地区。那儿修了不少新兴住宅小区，地价也不断上升呢！”缘子说道。

“那么，那儿不挺好的吗？干吗要搬到这儿来呢？”

阿梶边笑着边问道。

“还不就是因为我丈夫因车祸去世了吗！他原来在一家大型化工企业里给经理当司机，早上去接经理时，在一条宽阔的马路上和一辆突然冲出来的翻斗汽车撞上了，当时就死了。那辆翻斗汽车也受损严重。我赶到现场时，看我丈夫已经面目全非，难以辨认了……”

听到这儿，千卷心里一阵难过，不由得朝花子望去。而花子仿佛什么都没有听到一样，依然和杰克玩着。

“当然对方要负完全责任了。我们进行了谈判，对方支付了相当多的赔偿金，我也拿到了人寿保险和意外伤害险，住宅贷款也用保险金偿还清了。公司还给了一大笔退休金，我和花子两个人生活上不用担心了！”

“您还有住宅贷款呀？”

“可不是，有四十坪大小，房子刚盖好才两年！”

“要是在贷款期间，您丈夫遇上了不幸，房子和土地不都完全归您了吗？”

“那倒是，不过我把它卖了。”缘子用十分轻松的口气说道，“不管怎么说，如果住在原来的地方，总会不经意回忆起去世的人，不知不觉自己也变得心情阴郁了。而且，我觉得对花子也不好。”

“是啊。”

“刚有意出售，就幸运地遇到了买家，成交的价格远高出预期！我生在下町，也长在那儿，从很小的时候就想有一天能住到山之手去。就是东京西边的那个地方。哪怕租住别人家，也想住上几天。可因为那儿的房租特别贵，这个愿望总实现不了。当然了，离市中心越近，房租价格就贵得越惊人。所以看的房子越来越靠近西部，偶然看到这处房子，一下就相中了。”

“可这儿的房租也不便宜呀！我问了一下，对花泽夫人来说，也许不是什么巨款，可对我来说就相当贵了。”阿梶苦笑道。

“不过，这个地方还是不错的。环境好，也安静……”

千卷觉得阿梶刻意地表示佩服缘子的选择。他住到这里可不是因为这儿的环境好，他是别有目的——就是充当间谍而来的。于是，千卷不高兴地向阿梶瞟了一眼。

“哦，还有一个理由，就是我新找的工作，离这不远。”

“您还要上班？”阿梶问道。

“那当然。我的一位朋友在小金井开了一家时装店，让我去帮忙。”

“那花子呢？”

“送到幼儿园去，在龟有她就上幼儿园了。”

“啊，这下全都不必操心了。”

“是啊，反正我要忘记过去，重新开始一个新的生活。而且我刚31岁嘛。光在家看孩子太早了点儿。”

缘子信心十足地说道。

“怎么会，夫人看上去就像是二十几岁的单身呢！”

这也太过分了，千卷心中骂道。阿梶吹捧这个女人也太明显了。不过，她要真31岁，可比我年轻三岁呢！千卷心中十分嫉妒。

“其实，芦田夫人也遇上了不小的麻烦。”一直光顾和阿梶聊天的缘子，好像突然意识到了千卷的存在一样回过了头，“事情还没有解决？”

“嗯……”

“那个事件发生之前，这个房子刚刚开工。”阿梶插了一句。由于这种饮料里多少有点儿酒精，看上去他有点醉意了，“当初建这所房子时，汤原先生借了不少钱，他还担心盖了没有人来，这下花泽夫人可帮了他大忙了！”

“可关于那个事件，他一点儿也没有对我说呀！”缘子的口气中有点不满，“当时我丈夫刚刚出了那种事。我来这儿看时也没有问那么多……”

说着，缘子一口干了杯中的饮料，又朝杯子里倒了第二杯。

“干脆说吧，我丈夫那个人，我还真没有怀疑他什么。他这个人一不抽烟，二不沾酒，身边的女人就只有我和花子，除此之外，不看任何一个女人。”

“……”

“可是，他一死，我就发现……好像他还真有一个爱得很深的女人。男人呀，真是弄不懂！”

千卷听到这话，想看看花子有什么反应，但她还在专心地和那只小狗玩，似乎她还不是会对这个问题敏感的年龄吧。

“我打算等花子再大一些的时候，把这件事告诉她。也许永远都不会。而且，我要把她培养成一个女强人。无论什么风风雨雨都不能被摧垮的女人！风雨过后更加鲜亮的女人！”

“哎呀，好了不起的理想呀！这样的女性才是充满魅力的新女性！”

阿梶几乎是不知羞耻地附和着。

“那好啊！借你的吉言，今天晚上就是我们母女二人新的人生起点的庆祝晚会！非常感谢二位的光临！好了，我们吃饭吧！花子也饿了吧！”

缘子兴高采烈地站了起来，稍稍发红的面颊泛着光泽，看上去又年轻了几岁。

桌子上早就准备了各式饭菜，而且还有一锅煮好的土豆、萝卜和魔芋的汤。整个桌子上的饭菜可以说是十分丰盛的。

“哇，好棒呀！”

从阿梶的口气中可以感到他是发自内心的赞叹。

“因为我不怎么会做法国菜，让二位见笑了。”

“不，每道菜都很精美。餐馆的菜都不能比！这可叫我胃口大开呀！对我这样的独身男人来说可太难得了！”

阿梶发出爽朗的笑声，一把将自己的椅子先拉到了餐桌跟前。

5

当花泽母女俩搬到位于阿梶家西侧的房子之后，千卷感到她与阿梶之间的关系产生了一种微妙的变化。

第一个变化，就是两个人不再期盼着下一次的见面了。

花泽和阿梶的家之间，可以通过低矮的灌木丛来往，因此花子追小狗到阿梶家的时候，甚至连花泽缘子也随意地出入了。而且似乎这种来往越来越频繁。

这样一来，如果还像往常一样阿梶下班回到家里，等天黑后再悄悄地溜进千卷家，就不免要暴露。加上好像那个缘子特别注意阿梶家的灯光和响动，万一她来阿梶家，很容易窥测到千卷家的动静。同时千卷也感到，阿梶越来越不关注自己了。好像还对她有了什么秘密。男女之间有了那层关系后，女人对男人的变化是十分敏感的。

“你说她对我关心，其实根本不是那么回事儿。”

在那次宴请的两个星期后，千卷和阿梶又一次幽会。当千卷搂着阿梶，向他提及此事时，阿梶不以为然地答道。

“我不是那个意思。从第一次做客后，我就看出来了。她在看你的时候，眼睛特别有神，尤其是她说她今后要开始新的人生时……”

一想到那天晚上的事，千卷心中就忿忿不平。

“你可不要表现出对她的不满来，她要改变过去，重新生活，当时的确很感人嘛！”

“那你就那么肉麻地去附和？”

“哎，吃了人家的饭菜，你总不能不夸她两句吧……”

听到阿梶这样说，千卷不觉流下泪来：“你说她的菜比餐馆里的还要好，那我做的菜呢！”

“你胡思乱想到哪儿去了！”阿梶叹了一口气，转身冲着千卷，双手捧着她的脸，用手擦去她的泪水，“她怎么能和我的千卷比！别当真，我不过是让她高兴高兴。让她产生对我们产生好感，这对我们有好处。相反如果她对我们怀有敌意，那她就会对我们多方猜疑。万一她察觉了我们两个人的关系，让外界人知道，那不就糟了吗？！”

“……”

“还有，我当然要让她感到我对你不如对她更有好感，要让她有这个印象嘛……”

“……”

千卷还是无言以对。

虽然她心中仍然不满，但也觉得阿梶讲的不无道理。

“尽管那样，你也不许和她真的好起来。”

“我根本就没那个打算，是她总擅自从院子穿到我家嘛。”

“当断不断，必有后患！”

千卷不知从哪儿想起了这么一句话。

“那倒是。可是那个花子，刚刚没了父亲，怪可怜的。”

正如那日所言，缘子开始去小金井的时装店上班了。

但是花子入幼儿园一事却不顺利。由于她事先谈好的幼儿园满员，所以只好找了一家附近的私立幼儿园。缘子每天下班的时间是下午3点，3点半就可以到家。而花子则比她早一个小时放学。

“这段时间她就成了挂钥匙的孩子了，您能不能关照一下？”

缘子一脸无辜地来请求千卷，而口气又令千卷无法拒绝……

“和开始说的不一样，我还有八九点回来的时候。这样一来，花子就要等我回来了才能进屋，可我又不能再拒绝这份工作了。”

“我挺喜欢你的孩子的，听话又安静，真的很好呢！”

千卷敷衍着。

如果芦田活着，只要一有孩子在他工作时出现在他面前，他一定会火冒三丈。

不料第二天阿梶居然也对她讲起了这件事。

“啊，其实真的晚上八九点才到家的情况几乎是很少的，不过这阵子时装店的老板病了，可能有几天要晚点回来。这是缘子说的。”

阿梶居然也若无其事地叫起“缘子”了，千卷的心中产生了一阵不快。

但阿梶未注意到千卷的表情变化。

“所以花子和杰克……”说到这里他笑了，“所以白天要把她们关在家里，还要给杰克留个小的出入口。它一看到我回来，就会站出来叫的。”

言词当中，阿梶毫不掩饰对小狗杰克的喜爱。

“那女孩子和狗的用具，你也得准备好？”千卷问道。

“那当然，我巴不得呢！”

“我不是那个意思，如果这是她早有打算，也许就是在上次她请客时看出了你对她过于殷勤才这样求你的。我看出她也是有意识地讨取你的欢心。女人的私心我再明白不过了。”

千卷对阿梶提醒道。

在家里第一次请阿梶来吃饭时，千卷就在他的面前与丈夫贴脸。因为她本能地察觉到了“危险”。为了避免这一危险，她才下意识地做出了如此大胆的举动吧。

与此相比，缘子更加直截了当，说自己信任的丈夫在外边有别的女人，又用所谓重新开始新的生活为由，挑逗阿梶。

这时的千卷，又联想起了从芦田被子上发现的那根头发。

也许他也有一个秘密的情人。

但她不想把这件事说给阿梶。这是一个女人的自尊心。

想到这儿，千卷突然意识到自己十分胆怯。如果——如果我和缘子共同争夺阿梶，也许我会输掉的。

那个女人比我小三岁，又具女人的妖艳多情，阿梶碰上了这种风情万种的女人……

她拼命地抓着阿梶的前胸。

“求求你了，不要这样！我不喜欢，不要再跟花泽她们母女俩交往了！”

“……”

“所以，这次你也要婉言拒绝照料花子和杰克！”

“好吧，我懂了。”阿梶深情款款地拥抱着千卷。

“说真的，别忘了呀。”

别忘了，是我杀死了小田切先生！可我那是为了保护你！

千卷在心中喃喃说道。

“我不会忘记的！说定了！”

阿梶低声地说道。

6

虽然说定了，但令千卷心痛的是阿梶依旧我行我素，渐渐和花泽一家变得亲密起来了。

于是，千卷感到他们之间慢慢产生了嫌隙。

的确，有必要不让缘子察觉出两个人不寻常的关系，为此，两个人减少了接触，千卷也是无可奈何的。

不，如果认真分析一下，就不禁使人怀疑阿梶会不会是以“警戒”为借口，要离开千卷，从而接近缘子呢？

真的是这么回事吗？

千卷的脸色变得十分苍白，她拼命地摇着头，否认这一想法。

阿梶和我的关系，不会这么禁不住考验的！

虽说是失手，但是我杀死了小田切。杀死了追查杀害丈夫凶手的小田切。是我庇护了这个凶手阿梶，杀死了小田切！

每当千卷想到这一事实时，都禁不住像疯了一样想大声喊叫。

然而，对于我的这种行为的严重性，阿梶应当十二分地明白！

我是为了他才杀人的。

千卷的心绪渐渐地平静了，然而每当想到那个女人要从自己的身边夺走所爱的人时，千卷就悲愤欲绝。

不知从哪天开始，秋意变得浓重了。就连工业过分发达的东京也出现了明朗的晴天，大学的农场那边又飘来清香的干草味。

9月30日星期六夜里，阿梶按原先的约定，两个星期来一次，因而今天又悄悄地潜入了千卷的家里。

10月3日是千卷的生日，他们决定晚上在一起用餐。

千卷怀着兴奋和渴望的心情等着阿梶的到来。她拿手的法式大菜，自从被缘子做过之后，也再没有情绪做了。

两个人约好的时间是10点。和以前不同，不能再走灌木丛，而是要走大门了。这一方面是怕缘子看到后反而更糟，另外10点以后，一般大街上就没有什么行人了。

千卷选了一件与初秋相应的黄色西服，又在身上喷洒了香水。

自从缘子出现后，阿梶基本上保持两个星期与千卷约会一次，即十多天和千卷偷欢一次，所以她非常渴望今天的到来。

快到10点时，千卷只开了房间里的落地灯，打开了收音机。顿时房间里充满了一种浪漫温馨的情调。

千卷坐在沙发上，听到了自己心脏的剧烈跳动声。

为什么他对自己有那么大的吸引力？

阿梶虽有一种都市人的聪慧，不过没有鲜明的个性，容貌也一般而已。

从客观上和丈夫相比，丈夫的才华和男性魅力更胜阿梶一筹。

可为什么第一次见到阿梶时就喜欢上了他？自己不知不觉陷入了情网，想逃出去，但似乎晚了。

当她意识到逃不掉的时候，是在那枪响的一瞬间。她陷入了无法逃脱的陷阱之中。

为什么会爱上他？学计算机半途而废，不就成了落伍于时代的男人了吗？和有着辉煌成就的芦田怎能相提并论？

而且，还有可能是他杀死了……

可自己偏偏——

或许有些不可思议，但也不是解释不通的。

大概我迷恋的正是阿梶身上的弱点，因为他身上有弱点而更像一个真实的人吧。

同情弱者，这不能不说是人类的优越。这对于芦田来说，恐怕是他永远也无法理解的。

阿梶受雇于企业，成为间谍，完成了使命后又杀死了芦田。

像小田切说过的那样，也许杀死芦田不在他的计划之中，而是迫不得已。这肯定不是阿梶人性的真实一面。和自己杀死小田切一样，出于无可奈何……

电话铃响了。

这时正好10点整。

千卷像跳起来似的拿起了听筒。

“是我……”正是阿梶。

“全都准备好了，什么时候来？”千卷问道。

“……刚才缘子来了电话，说花子有点儿不对劲儿。”

“……”

“说浑身疼，一个劲儿地哭。刚才又抽了起来，让我过去看一看。”

“叫大夫不好吗？”

“没有联系上，缘子说像是神经性的。自从花子失去父亲后就常常发作，她说如果我去了，也许会好一些……”

“借口！又是借口！”

千卷马上意识到这一点。

“用孩子当筹码，故意破坏我们俩的好事儿！”

“是真的！”

“不行，马上过来！”

千卷斩钉截铁地说道。

“可是……我总要去稍稍看一下呀！然后我马上去！”

“不！不许去！”千卷出乎意料地坚定，她无法压抑住自己的感情，“我和花泽谁重要？！”

“你在说什么呀！”

“如果不是事先说好的就不能去！”

“小孩子的病也是没有办法的嘛！”阿梶拼命压抑着声调，“我只去看一下花子的情况，你稍等一下。”

“算了！你去吧！既然你那么想去！那我怎么做你就别管了！”

千卷摔掉听筒，失声痛哭起来。

阿梶已经忘了，我为了他做了些什么！他全忘了！

他为了缘子移情别恋！

让我死去吧！

对！我要把一切通通说出来然后去死！我做好死的准备了，还有什么可怕的呢？

一定要让他后悔。让他彻彻底底地明白。由于我的死，他会失去多少东西。

千卷的哭声更大了。

她像一个歇斯底里的病人一样号啕大哭，并不时地从心底涌出一股股不可名状的委屈。

这是惩罚——

我一定是受到惩罚了！

“幸福的陷阱。”阿梶曾这样说过。

把我送入这个幸福陷阱的命运之神，这次终于开始惩罚我了。缘子一出现，阿梶的心就被这个女人夺走了，进而我便成了这个陷阱里的猎物……

千卷全身瘫软，已经哭不出声了。她把脸伏在自己的双手上。

她像一个哭累了的孩子一样，心身极度疲惫，不时地抽噎两下。

这时她仿佛听到了收音机的声音。

音乐节目结束了，好像正在播放新闻节目，一个男性播音员的声音传入了她的耳朵里。

“……TC公司是一家专门从事医疗器械、医学诊治软件开发的计算机中间商。前不久，该公司的一名职员破坏了计算机主机的重要程序。实际上早在六个月前的4月3日，这家公司即已发现程序遭到破坏，但TC公司并未报警，而是采取了公司内部秘密调查的方式处理。结果查明，该公司秘书室的和仓元美，29岁，在事件发生之前，曾多次借口出入公司的软件资料室，于是和仓受到了追查，目前她已供认了部分事实……”

一开始听到“TC”公司的名字时，千卷觉得耳熟。因为千卷记得芦田对他讲过东京有几家与医疗软件开发有关的计算机公司，有的专门从事医疗器械的进出口贸易。另一方面，芦田工作的AD公司主要向北斗电子公司经销产品，所以她知道这家TC公司也应该是这类公司。

千卷一边听着广播，一边回忆着与这些有关的事情，当她再听到“和仓元美”这个名字时，不禁吃了一惊。

“在东京软件集团工作。”对，没错！是那个女人！

在芦田死后的第十天吧，千卷去东京软件集团找过初冈。

说好了见面，可他却在那个时间外出了。代替他的是个女人。那个女人身着合身的绿色套装，肤色略深且有光泽，妆容极富个性，胸脯突出像欧洲人！

千卷从和仓元美那里得知，自己的丈夫和初冈达成了一项出卖本公司情报的交易。

“如果您对今天我讲的事情有怀疑的话，尽管可以报警，让警方进行调查。芦田先生的行为可以说已经触犯了法律……”

她那刚愎自用的语调，被眼线夸张了的强悍的眼神，又在千卷的脑海里复苏了。

和仓元美最后嘲笑般地说道：“个人之间签订的合同是没有约束力的。您准备怎么做？这不是很简单吗，这是间谍行为！”

据说这个女人将本公司的软件客户TC公司的OA系统破坏了。

这是怎么回事？

“……可是，由于罪犯需要有极丰富的计算机知识，警方制定的追查和仓背后及其有关人员的方针是……”

电话铃声响了。

千卷吓得一颤。不会是阿梶打来的吧？

不知为何千卷有这种直觉。

第七章　鞋

1

千卷拿起了电话听筒，她的心又产生了一阵阵的悸动。

“喂，喂。”

“是夫人吗？”对方问道。

这是个十分熟悉的声音。

“是我。”千卷答道。

“我是宗方。”

果然，这是AD医疗软件公司宗方的声音。

“实际上，事情有点儿不太好。”

平时比较爽朗又周到的宗方，上来连寒暄也没有就说了这么一句。

“电视节目已经报道了，我想报纸会更详细些的。就是发生了一起极其恶劣的重大计算机犯罪案件。实际上我认为这事都已发生了半年了。受害的TC公司正在进行内外联合调查。”

计算机犯罪案件的特征之一，就是受害企业大多不向警方报案，而是采取内部秘密调查的方法。听到这儿，千卷不禁想起小田切的事情来。对于企业来讲，担心企业的名誉受到损失，失去信誉，影响业绩，因此几乎全都隐瞒不报。

然而这样的罪犯都属于高智商犯罪，一般说来极难查清，有的几年之后才被查获，也有的因各种原因渐渐消失在“黑暗”当中，小田切曾这样讲过。

“事件的大致情况是这样的，TC公司的OA计算机系统受到了破坏。4月3日，那是个星期一，上班后系统室的负责人一使用计算机就发现了。大概夫人也听说过吧，计算机系统的存储都设置了密码，也就是计算机开启的指令。系统室的每个人都有各自的指令，但都相应会进入不同的程序，根据进入的程序不同，就可以限制侵入计算机核心内容的范围；当然系统室经理的密码级别最高，也就是说最复杂，因此一旦知道了他的密码程序，就可以控制全部的计算机系统；一旦罪犯开启，那么计算机内全部的存储资料要么被盗走，要么就会被全部删除。”

“这是重大的案件呀！”千卷说道。

“是啊，听说损失以十几亿日元计呢！这个系统要重新建立，要花费一笔巨额资金和很多的时间，这期间各种业务就不得不停下来了。”

“那么，这个密码是怎么泄露出去的呢？”千卷问道。

“听说系统室经理的密码是三十二位数，靠脑子是记不下来的。于是他就记在了笔记本上。那个笔记本他常常装在身上的外衣口袋里。有时他把上衣脱了，搭在椅子背上或是挂在衣帽间里。所以，如果有人想窃取密码，这个机会还是有的。不仅限于系统室的人员，包括该公司的全体人员都可以自由出入系统室，再有警惕性的人，时间一长也麻痹了。‘老虎还有打盹的时候’嘛。”

“……”

“在TC公司里，成立了专门的小组，对系统室以及全公司的员工逐一进行了秘密调查，结果出现了东京软件集团和仓元美的名字。”

尽管这样，宗方又是如何知道得这么详细的呢？

千卷的心中涌出一丝怀疑的念头。

“从这个结论来看，和仓元美的确在这个事件之前就和TC公司系统室的年轻男子关系密切了起来。东京软件集团和TC公司有了秘密交易，而从和仓元美担任的秘书这一职务来看，她接近TC公司的人是别有目的的……

“而TC公司系统室的那名男子，一开始隐瞒了这件事情，但后来当别人检举说见到和仓元美频频出现在TC公司内，并受到追查时，他才坦白，说他确实带和仓元美进过系统室。

“因此，这次就要彻底追查和仓元美的作案背景了。当然，她开始也顽固地否认了她的作案事实，后来她终于无法抵赖，承认了一切。因为她也意识到这是一种性质非常恶劣的针对企业的犯罪，对TC公司来说也是十分重要的事件，才不得不承认了呢！”

“企业犯罪？”千卷问了一句。

“是的。与TC公司有竞争关系的医疗器械和硬件的制造公司北斗电子公司的部长，极有可能唆使和仓元美破坏了TC公司的OA系统。至少有这么一件明显的事实，即和仓元美和该公司里的一名有机会接触到企业秘密资料的工作人员保持了长期的情人关系；而最近和仓元美貌似被甩了，出于痛恨她或许也会这样干。当然，我自己并没有见过和仓元美，但据说她是那种很有魅力的女人，并且跟几个男人都有复杂的关系。”

仿佛宗方看出来千卷曾见过和仓元美似的，令千卷心头一惊。

“北斗电子公司的部长，最终用金钱买通了和仓元美，于是和仓元美答应，设法接近她曾认识的TC公司系统室的那名年轻职员……

“对和仓元美来说，似乎已有了一套如何接近他并从他口中套出指令的计划。但比她预计得还要顺利，她居然可以进入到系统室里。于是，她便顺手把搭在椅子上的那件上衣偷走，因为她在这之前，也肯定听说过指令记在笔记本上的说法。

“她在洗手间里记下了笔记本上的指令数字，然后又把笔记本迅速放回到上衣口袋里……”

“这么说，她已经掌握TC公司中的OA系统开启的指令程序了？”

宗方没有回答，实际上他肯定了千卷的推测。

“不过，这里还有一个问题。尽管知道了几个打开指令，但要借助这一点去破坏该公司的系统，而且又能不留下犯罪的痕迹，这需要相当高的计算机知识和技术呀！”

这一点宗方和刚才收音机里讲得一样。

“当然，从这一点来说和仓元美是不可能做到的。夫人，实际上这就和您有关系了，请您慢慢听我说……”

他要说什么，千卷凭直觉已经意识到了。

“警方对和仓元美的追查结果——她说出了同谋犯的名字，也就是芦田君。”

“胡说……”

千卷反射性地说了一句。

“不要急，听我讲下去，”宗方又说了下去，“和仓元美把指令告诉了芦田君，而他可以十分方便地利用自己的计算机进入到TC

公司的系统内部，并送入‘消除’指令，而且没有留下一点儿蛛丝马迹。”

“可是，她怎么会和芦田……”

千卷说完这句话十分后悔。如果调查起来，那么芦田的出轨行为将有被查明的危险。

但宗方也像十分明白这一点似的，依旧用十分冷静的口气继续说道：“当和仓元美交代出芦田的名字时，TC公司所辖的赤羽警察署正要提出派人调查TC公司内部员工的要求。当然，详细的细节我也不太清楚，但当时警方对她的这一口供也表示了怀疑。于是，她便交代，大约在一年多前，芦田君接近了她的上司——董事初冈。两个人达成了秘密交易：芦田君将他所研究的项目中的一部分卖给东京软件集团。之后就由和仓元美和他进行联系。通过几次通电话，见过几次面后，和仓元美就被芦田君迷住了，而芦田君也喜欢上了她，他们便一拍即合……”

“……”

“也就是说，对于计算机，芦田君有一定的天赋，他也非常喜欢自己的工作，希望得到十二分的评价呢！”

“……嗯，对他来说，计算机是高于一切的事情。”

“反正和仓元美是和仓元美，在计算机的世界里还得是男人，男人相信自我存在的价值。不懂计算机的男人，就像一个愚蠢的男人一样。因此，对于和仓元美来说，芦田君就是她心目中最完美的男人。两个人在此次事件之前，曾多次带着好玩的心态，利用垃圾代码和陷阱门等犯罪手段到处破坏系统。”

听到这儿，千卷什么也说不出来了。

“……因为警方正在调查之中，也许他们会去您家。虽然芦田君的名字还没有传到新闻界，不过，这也许只是个时间问题了。也许不久就会热闹起来的。”

“听您介绍了这么多事情，太感谢了。”

“没什么。关于私下交易一事，正在进行核实，有了结果我再告诉你吧。”

宗方公事公办地加了一句，便挂断了电话。

“夫人是不是也知道这些呢？”

虽然宗方没有问，但千卷却感到宗方已经开始怀疑了。

2

第二天，10月1日的早上9点钟，千卷家的门铃响了。千卷一问，果然对方回答说是“赤羽警署的人员”。

她打开了大门。

两名中年便衣警察的身后，是府中警署的森兼警部。看到他们，千卷心中不免有些惊慌。大概这次警方要把杀人案和计算机犯罪联系起来调查了吧。

第一次来的这两个人是警视厅搜查二科的警部和赤羽警署的警部补。看来这次事件与总厅也有关系了。

千卷将这三个人让进客厅坐下。为了昨天夜里的约会，千卷买来的有生气的奶白色蔷薇，今天也居然一下子打了蔫。

昨天夜里接完宗方的电话之后，千卷就马上给阿梶打了电话，可当时他不在。

一小时后，阿梶打来了电话。

千卷没有问花泽一家的事，马上对阿梶讲了宗方打来的电话内容，并想问能不能见一下面。

“不知道警察什么时候来呢。”

阿梶像受到了震憾一样半天不语。

“明白了，你要多加小心。”

说完他就挂断了电话。

总厅和赤羽署的这两个人问了许多关于芦田工作上的事情，但由于千卷一点儿也不知道，因此他们似乎很不满意。

自己并没有隐瞒什么，也不知宗方和森兼对他们解释过没有。

于是，这两个人像是不死心一样，又把话题转到了和仓元美身上。

“和仓元美从什么时候开始来您家的？”

“不，我一点儿也不知道。”

这两个人听到后有些意外。

“和仓元美来您家，给您家打电话，担任您丈夫和初冈的联络人，您不知道？”

“是的，我一点儿也不知道。”

“那么，您丈夫和东京软件集团私下交易一事呢？”

对方死死地盯着千卷眼睛，似乎要看穿她似的。

一刹那间，千卷茫然了。要再瞒下去吗？

不过，他们对和仓元美继续调查，什么事情都会真相大白的。不，也许他们什么都知道了，只是听一下千卷的旁证……

“实际上，在我丈夫死后，我见过一次元美小姐。”

千卷决定坦白。

芦田事件的三个月前，在涩谷的饭店里看到过丈夫和初冈在一起。不，她知道这个人叫初冈，还是在告别式上再一次见到他之后。

但在那之后，自己曾要求和他见面，去了东京软件集团，他不在，是和仓元美代为接待的。

从她的口中，自己得知了丈夫在干这种事情。但她却不想承认这是事实，因此没有向公司和警方交代。毕竟他是自己的丈夫……

“原来如此……”

警部的表情依旧，点了点头。

“这个交易之外，您丈夫还有别的什么事情吗？”

警部又追问道。

“没有了，我已经说过很多次了，因为我一点儿都不懂计算机，所以我也没有留意和我丈夫交往的人。”

“嗯……”

两个人低声交谈了一会儿，并向森兼警部递了一下眼神。

于是森兼说道：“和仓元美交代了，她和您丈夫的交往始于一年多前；那么，您没有感觉您丈夫有什么变化？”

“啊……没什么特别……”

千卷低下了头，紧紧地咬着嘴唇。

一直相信自己跟丈夫是一对恩爱美满的夫妇，如今感觉真是羞耻而悲惨。自己的确什么都没察觉……

“那么，我们可以看一下芦田先生的书房吗？”

“请吧。”

这三个男人站了起来，跟着千卷向书房走去。

在第一次来的那两个人检查办公桌和计算机时，森兼打开了窗帘，向外面眺望着。

院子里有两小盆龙胆草和大波斯菊。通过这个院子，正好可以看到阿梶的家。现在他当然在公司，没有在家，窗户上还拉着窗帘。

森兼究竟在观察什么？千卷心中一阵慌乱。

总厅来的这两个人，又打开了书房里间的门，看了一下那张睡床后又交头接耳地说了几句。

看到这情景，森兼走到了千卷的身后。

“也许这样说太残酷了，不过，芦田先生和元美小姐的确是通过计算机而扭曲了生活轨迹，结果反而被机械耍弄了。芦田先生正因他那值得赞赏的才能和技术而沉醉于犯罪的泥潭之中了。对于和仓元美来说只有这样的男人才最有魅力。”

不需要森兼再说什么，千卷完全可以想象出丈夫与和仓元美在这间屋子发生了什么样的关系。

但刚才森兼的话深深刺痛了她的心。

“我……有一件东西，您有必要看一下……”

说着，千卷拿出了一张薄纸。

“这是在事件发生以前芦田用的被子上找到的，也不知道是什么人的头发。”

3

芦田与和仓元美合谋，破坏TC公司的OA系统的事件，作为首例典型恶劣的计算机犯罪大案，在第三天的新闻传媒上被大肆渲染了一番。

《钻入企业的蛀虫》，报纸以此为大标题，揭露了北斗电子公司的企划部长如何教唆和仓元美进行计算机犯罪的事实。

和仓元美已经坦白了，芦田的报酬是500万日元，并于事后由她交给芦田。但是，他们从哪儿出这么一大笔现金？在他们的背后还有什么人呢？这个疑点正在调查之中。

实际上，就在这些报道的前一天，也就是森兼他们来后的第二天傍晚，电视台和报社的记者们便蜂拥而至，电话声也响个不停。

但千卷既不开门，也不接电话。

她真想躲到娘家去，但只要一出门，马上就会被记者包围，所以她只好躲在家中熬过这段时间。

和阿梶的联系也有意识中断了，但当她在这天夜里看到他家中的窗帘里透出了灯光时，千卷心中感到了莫大的安慰。再坚持两三天吧！

在她死死地闷在家中的第三天下午，从音量很小的电视机中听到了这么一条报道："因利用计算机犯罪而受到警方逮捕的和仓元美，昨天夜里承认是她杀死了同谋犯芦田和贤。芦田也是犯罪嫌疑人，于此次查明的他利用计算机犯罪的四个月前，即今年的5月13日，在其书房被人用凶器猛击头部而身亡。如果和仓坦白了……"

千卷的耳朵一下被播音员的声音抓住了："和仓承认，在今年5月13日下午3点左右来到芦田家中……两个人先谈论了计算机作案的报酬一事，即北斗电子公司企划部长支付的现金，然后发生了口角……杀人动机正在调查之中……"

由于这个时间的新闻播出时间很短，只是提要性地说一下。

于是，千卷走到电话机旁。她从"速见表"中查了一下电话号码，便拨通了电话。

"这里是府中警署。"一个男人说道。

"我叫芦田，请找一下刑事科长森兼警部先生。"

"是芦田太太？"

"对，是5月事件，死者的妻子。"

对方吃了一惊："请稍等。"

等了很长时间，又是那个人拿起了电话说道："科长外出了，可以对我讲吗？"

千卷稍稍迟疑了一下，便说请森兼回来后和自己联系。

那个新闻中说的是真事？

会不会是我听错了？

千卷越来越没有了自信。

和仓元美杀死了我丈夫？

这是为什么呢？

晚上8点多钟，电话铃响了。阿梶家的灯还没有亮啊！

千卷和平时一样，迅速接起电话。

是森兼。

"那天打扰了。您看过新闻了？"

"是的……"

"逮捕凶手全靠夫人帮忙啊！"

"……"

"就是那根头发起了决定性作用！"

"那么……是真的？"

"当然是真的了！不，其实，这两三天里我一直在调查这件事，正好想今天打电话向您通报一下，然后再去您府上……"

果然，两个小时后，也就是10点多钟，森兼来了。

在这期间，千卷看了好几回阿梶家的窗户，但他好像还没有回来。

"夫人找到的那根头发，是一个有力的证据呀！"森兼那如熊一般的身躯一坐在沙发里，便反复地唠叨着这句话，“其实，当我们发现了她和您丈夫合谋利用计算机犯罪时，我就开始怀疑他们两个人的关系了。尤其是夫人拿出了那根头发后。后来，和仓元美在赤羽警署接受调查时，我们弄到了她的一根头发。当然，我们并没有采取什么别的手段。她在长时间接受调查时，难免掉几根头发，这是她无意识的。”

“……”

“我们将这两根头发送到了科学警察研究所，结果证实了是同一个人的。”

听到这儿，千卷的脑海里又浮现出当时自己在东京软件集团的接待室中和仓元美的身姿，栗色的浓密秀发和小麦色的肌肤，还有那犀利的双眸，嘲笑般地俯视着自己。

就是这个女人，在自己家中，丈夫书房的床上，两个人……

“这次调查告一段落，在把和仓元美移交府中警署时，对她和芦田先生的关系进行查问，她承认说只是非常钦佩芦田先生的才能，别的全部否认。后来我们拿出了那根毛发的证据后，她才承认她和芦田先生不仅是计算机犯罪的同谋，而且早在一年多前就发生了肉体关系。她第一次是接到初冈的委派，到芦田先生的书房去，两个人在那张床上寻欢的。再后来，夫人参加了网球俱乐部后，她就按着您的时间表，接到芦田先生的电话后才来的。”

森兼顿了顿，把千卷送来的咖啡拿在手里。他像品尝一样，抿了两三口。

“那么，那个女人杀死了我丈夫……”

千卷用微微颤抖的声音说。

“哦。这两个人都沉浸在利用计算机进行犯罪的欢愉之中。两个人尤其芦田认为这是一件有意思的事情。”

这时，森兼已经直呼“芦田”了。

“在这期间，和仓元美从北斗电子公司的部长那里得到承诺，如果破坏TC公司的系统便可得到500万日元。后来她利用那个男人偷盗了指令号码后，便通过芦田，彻底破坏了OA系统。这件事，已经被报道了。但当时芦田好像不知道和仓元美得到了那笔钱。”

“……”

“事件发生的5月13日傍晚，和仓元美去和芦田见面。在又发生了那种关系后，她还要芦田利计算机犯罪。这次他们要选择一家合适的公司。和仓元美无意中透露出了上次得到了500万日元报酬一事，于是芦田便火了……

“芦田认为自己做这种事完全是为了证实自己的才能，如果让人知道他是为了钱才做的太丢人，也太卑鄙了。并感到和仓元美这个人太可耻，于是说了几句，同时要和仓元美把钱退回去……

“和仓元美心中一惊，于是问芦田：‘如果这样说，可你却偷偷地把研究成果卖给初冈又怎么讲？！’

“芦田说：‘那不一样，我的研究成果得不到公司的承认，因此我要让它发挥作用，这才卖给东京软件集团的。这是技术人员的自尊心！绝不是为了钱才这样干的！’

“于是元美便嘲笑他：‘什么时候也会说这种漂亮话了？你可是38岁的人了。计算机技术人员的最佳年龄是40岁以下。你再不干点儿这种事，将来可什么都捞不着了！如果你还……’

“一提到年龄，芦田便控制不住自己了。大概是因为这深深地刺痛了他那敏感的神经了吧。他仿佛一下子被和仓元美揭开了伤疤一样。芦田狠狠地打了和仓元美一个耳光，而和仓元美则立刻疯了般地

喊起来：‘当心惹急了我，我会揭穿你的秘密！你出卖资料、破坏TC公司的计算机系统……我会让你滚出公司的！’

“芦田更火了，他疯狂地跟和仓元美扭打起来，平时那文质彬彬、温文尔雅的形象荡然无存，如同一个疯了一般。

“和仓元美担心他会一怒之下杀死自己，便从小房间里逃到了书房。她碰上什么就拿起来朝身后追打着的芦田扔过去。突然，她的手碰上了那把镇纸。当她拿在手里时，正好芦田也冲到了她的身后。于是她狠狠地朝身后猛砸过去。芦田惨叫一声倒在了地上。他满头是血，要爬回那间小屋去，和仓元美一看到这个情景，便心想‘一不做二不休’，于是反过身来又追到了小屋里，再次对芦田下手。芦田一动不动地倒在了小屋的床上……这是和仓元美坦白的。”

千卷吃惊地听着。

森兼也顿了顿，然后像要全都讲完一样，再次开了口：“随后，她就下决心要把这儿制造成一个入室抢劫、谋财害命的现场。她还用毛巾把室内所有可能留下指纹的地方全部轻轻地擦拭了一遍，然后出了书房，上到二楼，打开衣柜和屋里的所有抽屉，把里面翻个乱七八糟，并拿走了现金和戒指。幸好当时她是穿着大衣来的，于是她用大衣，遮挡往身上的血迹。大门是锁着的，她便从通向车库的门离开了你们的家。”

“全是她坦白的？”

“是的。我们对照现场的取证进行了核实，和她的口供是一致的。如果不是亲临现场不会描述得那么清晰，因此我们认为她是杀人凶手。”

森兼看出千卷对这个结论感到十分惊奇。

他耸了耸肩，说还要进一步调查，便离开了芦田家。

时间是11点30分。

千卷又向西面的窗户走去。

她把眼睛贴在窗帘的空隙上，从阿梶家的窗户上露出了淡淡的灯光。

4

千卷打开了书房的玻璃窗。

一股股包含着雾气的夜风吹了进来。

和仓元美的罪行一旦公开，也许社会新闻和舆论界又会关注这幢房子了吧。如果那样的话，就不可能限制记者们从任何角度来观察房间的里里外外……那么就不可能再和阿梶幽会了吧?

她来到庭院。

从灌木的间隙穿过去，来到阿梶家的庭院里。

一层的起居室拉着窗帘，但可以看出开着灯。

她轻轻地敲了敲窗玻璃。

只敲了两下，就可以看到屋内有人影晃动起来。

阿梶把窗帘拉开了少许，认出了是千卷后，马上打开了大门。

千卷进屋之后，阿梶迅速向四下看了看，然后连忙关上了房门，又拉好了门帘。

在落地灯的照射下，两个人相对而立。

十天了，他们第一次这样相视。那天千卷和他约好吃晚饭，阿梶却被花泽叫去了。后来千卷觉得阿梶被花泽“勾引”了过去。随后宗方打来电话，告诉她发现了TC公司的OA系统被破坏一事有了线索。

从那以后，千卷为了躲避社会新闻媒体的注意，整日躲在家中，不接电话，也不再出门……

梶行雄的脸和千卷不一样，细细的眉毛，带点忧郁，充满智慧而又有些病色的茶色双眸，放射着温润的光泽，瘦瘦的脸颊和尖尖的下巴。此时，他的双唇微微张开，露出了洁白而齐整的牙齿。

啊！我为什么会爱上这个人！

为什么？无法说得清楚。也许这就是命运吧。

当千卷的双眼中流出热泪时，阿梶猛然抱住了她。

“我想你！”

阿梶用嘴一下子堵住了千卷的呜咽声，两个人贪婪地拥抱着。

不知什么时候，千卷瘫软无力了，被阿梶抱到了沙发上。

“新闻，听到了吗？和仓元美坦白了，是她杀死了芦田。”

千卷用嘶哑的声音说道。

阿梶默默地点了点头。

“果然不是你呀！”

阿梶再一次点了点头。

“为什么不解释，为什么让我把你看成是凶手？”

千卷嗔怪道。

阿梶第一次像不知所措的孩子般，歪着头，皱着眉。

“其实……开始我本想说的，就在你为了保护我开枪杀死了小田切之后不久。那时你说你要去自首，但我绝对不允许你那样做。”

他把手放在千卷的双肩上，明确地摇了摇头。

“如果我说不是我杀死了芦田先生，那你就会明白杀死小田切并没有保护到我，而是错误的一厢情愿，那你更会不听劝阻去自首。因此我只能隐瞒实情，让你以为一旦自首便会牵连出我杀了人这一罪行。总之，就这样暂时瞒着你了。”

“……”

“而且，如果你去自首，我也会受到调查，万一查出我以前做过经济间谍的事情，和为了刺探芦田先生的研究成果而搬到这里，那么警方还会相信我的辩解吗？我不是杀死芦田先生的凶手；而当时小田切过于冲动，你无意中捡起了那支枪，出于自卫的反应而扣动了扳机杀死了他，这些事实都向警方坦白的话，即使查不出我们作案的根据，那么至少可以认定我们之间存在着一种特殊关系……”

阿梶说出这番话后，眼中立刻流露出一种不好意思的神情来。

“难道警方不会怀疑是我们同谋杀死了芦田，并且又将掌握了这一真相的小田切杀死了吗？这样一来，我如何才能证明我的清白呢……”

“我丈夫的事件，我有‘不在场证明’呀！可是你……”

那天下午去热海的“不在场证明”被小田切轻易地推翻了。这时千卷回忆起来了这件事。的确，4点过后乘新干线在热海下车，在检票口和熟人见了面。他们一直聊到4点半，然后乘出租汽车离开了车站——这些都是旅馆老板娘交代的，于是阿梶的“不在场证明”便成立了。如果阿梶4点半还在热海，一直到千卷回到家，的确阿梶是无法作案的。

然而，小田切终于打探出作为证人的老板娘过去曾受过阿梶的恩惠这一事实；另外，说他乘坐出租车去看母亲的事情，严格来讲，也只有老板娘一个人的证言，那时同来的女服务员去买车票了，并不在场。所以，那个老板娘做的“阿梶是4点半坐出租车走的”这番证言应当说没有多大的可信性……

“小田切打算推翻我的‘不在场证明’，但是，那时他也只是怀疑，只是假设，并不能成为法律证据，反正我在4点半才和老板娘分手的事实是不容怀疑的！”

“……”

“不过，警方也许会同意小田切的意见的。因为警方急切需要抓到凶手。我一站到了他们面前，我的‘不在场证明’就显得十分苍白无力。因为我一想起掩埋小田切尸体的事情，心中总有一种恐慌的感觉。”

阿梶一边说着一边温柔地爱抚着千卷的秀发。

“可是，在那之后我向你问过好几次真相，问过之后我仍然想去自首，可自从埋了小田切的尸体后，这个勇气再也没有了。”

“说明事实真相固然是好事，可是……”

“我不能那样做的原因，是因为你说你要自杀，我知道你不只是说说，而是已经打算在任何需要的时候去死！”

尽管到了现在，也许在她心中的某个地方还留存着这个念头吧……

“当时你反复地说，都是自己不好，才使我一时错手，打死了拼命追查杀死我丈夫凶手的人。但你是不是怨恨过我做了多余的事情？如果我没有杀死小田切，那么你或许还可以巧妙地摆脱嫌疑。毕竟间谍的事情，还有杀死芦田的事情，没有任何关于你的证据……”

“我的确曾有过这种想法。”

“这样说也许有些奇怪，但如果你知道了我并非杀死芦田的凶手，或许支撑着你的最后一道网也会崩坏。与其把我也卷入小田切被杀一案，不如自杀解决，我真担心你会这么想。我没有信心能够阻止你……”

“啊，所以你为了我把自己变成了杀人凶手的角色。”

“是啊，与其受着这样的煎熬，还不如……”

千卷默默地把脸颊贴近阿梶的前胸。阿梶用双手捧起千卷的脸，深情地吻着。

阿梶太善良了，我比任何时候都爱他……

千卷的心中涌动着一股强烈的欲望。

阿梶绝不是杀人犯！

“如果说杀人，那只是我干的。”千卷把脸埋在阿梶的手掌中喃喃自语道。

“好了，别胡思乱想了，你是为了保护我才开枪杀死了小田切的，为了我，你承受了这么大的委屈。”

从阿梶那热切的声音里，千卷感到了他那真诚的谢意。千卷相信这一切。

“今后，也许我们会更少见面，以免引起世人的注意。”

“……”

“因为你丈夫的事情还没有解决，万一我们的关系再受到怀疑……”

“我也这样想。我看了新闻报道。”

阿梶轻轻地松开千卷，死死地盯着她。

“不过，我从报道中得知和仓元美坦白了……芦田先生暗地里向东京软件集团出卖资料。”

“是的。”

“这么说，AD公司委派小田切到我家里进行调查，是有了什么线索，这是企业的一种防范行为吧。”

“小田切发现什么了吗？”

“没有，他什么也没有找出来。可问题是警方认为小田切一定发现了什么。而且由此会推断出他的失踪一定与此案有关！进而会推断出，如果他死于此案，那么你作为一个女人是没有这个力量杀死他，并且处理掉尸体的。于是目标就会指向你我之间，怀疑我们会不会有更深的关系。一般警方都倾向‘奸情出人命’这种说法的。”

“是啊。”

千卷叹了一口气，用胆怯的口吻附和着。

“是这么回事儿。看来杀死小田切还解决不了问题。看来只有我们被抓，事情才能最后解决。”

“再忍耐一段时间吧。都过了三个月了，现在尸体已经化成白骨了，恐怕辨认不出身份了！”

“……”

“好歹再熬几天，千万不要麻痹大意，也要避开人们的耳目。多过一天，我们就离危险远一点儿，等待着新的人生开始吧！请相信这一点——”

说着，阿梶再次靠近千卷，并把她压倒在沙发上。

千卷任凭他爱抚着。她相信他说的话。

可是——我对他来说到底算什么呢?

由于阿梶进一步的动作，打断了千卷的思绪，她也沉醉在和阿梶激烈的情爱之中了。然而这个念头始终无法抹去。

5

四天后，以森兼警部为首的十余名负责此案的人员把和仓元美带到了千卷的家。在出示了执行令之后，便要对芦田一案的犯罪嫌疑人进行当场验证事实经过。

千卷避开与和仓元美正面对视，待一行人进房时，她便“躲”进了卧室。

当然有许多新闻记者也蜂拥而至，但警方坚决拒绝采访，外面有些混乱。

过了10月20日，AD公司的宗方带着律师来到千卷家。

“您丈夫是本公司的职员，但他将一些研究成果私下里出卖给东京软件集团，此行为已构成犯罪。”这位40岁出头的律师表情严肃，口气庄重地说道，“鉴于当事人已死亡，他已不再负刑事责任，但还有民事问题。您丈夫已对公司产生了‘损害债务’；而您作为他的夫人将不可避免地要替他承担这部分债务。”

“是……”

“据说您丈夫从东京软件集团接受了1000万日元，但对本公司造成的损失却远远超过了这个数目。作为公司这方面，我们将根据情况也向初冈提出‘教唆犯罪’的指控。今后事态如何发展，我们将随时向您通报。”

“公司向夫人提出的赔偿金，其数目还没有确定……”宗方插了一句，“不过，夫人有保留为维持今后生活所需要的财产的权利。而本公司绝非无情无义，不顾事实。”

宗方仍和以前一样，说完这句后坦然地笑了。但马上又变得十分严肃。

“不过嘛，被芦田君破坏了OA系统的TC公司，特别提出让夫人进行赔偿的要求，当然这是必然的。也许数额不会小了……”

“可我手头上……”

没等千卷说完，律师又转向面容憔悴的千卷。

“如果你在经济上确有困难，可以放弃继承权；这样，你也就可以不必‘继承’债务了。当然，如果财产大于债务，这可以另当别论。”

“那我怎么办才好呢？”

千卷像抓到了一根救命稻草一样急切地问道。

“啊，这个问题还有时间研究，我想还是等一等再说吧。”

也许宗方已经看透了千卷的内心世界，故意卖了一个关子。

进入11月中旬后，农场里的部分树叶已呈褐色，并可以闻到干草的气味。

当到处吹起干燥的风，感到了寒冷的时候，千卷觉得仿佛又回到了风平浪静的日子。

没有小田切的尸体被发现的消息，她在每天的恐惧中度过了这些日子，但心中总觉得随时会被人发现。

在这一日复一日的煎熬之中，和阿梶说的一样，唯一可以得到安慰的是，千卷认为自己离危险一天天地远去了。

在无意识之中精神有了一些松弛，伴随着孤独与日出日落的寂寞，现在更有些凄凉之感。不仅如此，随着深秋的到来，千卷更加郁郁寡欢。

再等一等，就可以放心地和阿梶在一起了。千卷这样希望。

他们两个人只是通通电话，尽可能地减少幽会的次数。因为他们知道，警方不会轻易放过任何一条线索和任何一种可能；而新闻界也不会放松任何对他们感兴趣的事件的追踪。

白天变短了起来。

天色一暗，千卷就不由自主地眺望阿梶家的窗户，等待着他家的电灯点亮，等待着他打来电话。这样日复一日，阿梶也非常守时，每当这时，千卷心中就有一种安全感。

“下星期，我们见一次面吧？已经不要紧了吧？我，非常寂寞……”

“是啊，我也特别想你。”

每次打电话，他们两个人不免都要说上几句绵绵情话。

但是——

千卷在看到阿梶家的灯亮后，就即刻拨电话给阿梶。但近来，特别是在通话过程中千卷感到了些异样。

有时，千卷拨通了电话后，阿梶半天没有来接。

在反复拨了几遍后，仍然没人听电话。天色更加阴暗了。

由于地域偏僻，天黑得更早一些，9点半这一带就伸手不见五指了。

这时外面如果有人的说话声都会显得十分响亮。

在11月20日的深夜里，千卷突然听到了几声尖锐的幼女叫声，其中还夹杂着几声低沉的男人的讲话声。她吃惊地朝窗外望去。

声音来自阿梶的庭院。

为了仔细看一看，千卷来到书房，拉开了窗帘。

由于阿梶家和对面花泽家的都亮着灯，因此两家院子的情况都可以看得很清楚。

阿梶抱着花子，那只小狗就黏在他的脚边，正在朝这边走过来。好像阿梶刚刚从花泽家出来，准备回他自己家。

“花子，今晚要不要住在我这儿啊？……这样啊，花子不愿意呀！看来还是自己家好啊！”

阿梶一边笑着一边把花子放下来，并把小狗还给了花子。

“好了，晚安！”

“嗯，睡觉觉吧。”花子用稚嫩的声音说道，“再来玩儿啊！”

“放心吧，我一定去！”

于是，花子高高兴兴地回到了自家的院子里。阿梶则一直站在自己的院门口，挥动着手目送花子进了家门。然后他打开房门，这时，他好像朝千卷家的书房那儿看了一眼，但由于书房没有开灯，大概他没有看清千卷在那里吧。

千卷拉上了窗帘，回到了起居室。

她心不在焉地盯着电话机，但许久，铃声也没有响起来。

千卷赌气地也不想打，但还是冲动地拿起了话筒。

占线。

他在和花泽通话?

也许他一进屋就打电话到现在?

阿梶的家里亮着灯，可刚才打电话没人接，肯定是在花泽家。

我们都说好了！可他却偏偏还要上她们家去！

千卷心中一阵怒火腾升，但突然又感到了一种心力交瘁的无力，她呆呆地站在那里。

当和阿梶约定时，自己内心是这样想的：请不要忘记，我是为了保护你才杀死了小田切。

不知为什么，自己对他总有一种施恩图报的心情。

但是，我知道如今已经没有这种资格了。对于他来说，我已经成了会妨碍他的绊脚石了，他害怕被牵连上，便急匆匆地埋了小田切，又投入到另一个新欢怀中。

瘟神……我对他来说就是瘟神！

也许他最终会把我抛弃……

6

千卷渐渐地感到给阿梶打电话更难了。

阿梶一般是一天或两天打来一次电话，每周有一次半夜里溜进千卷的家里偷欢。

但是，千卷再也不能像以前一样燃起全身心的热情，亲热都觉得索然无味。每当被阿梶紧紧抱着的时候，她心中就会产生一种对花泽和花子的歇斯底里的嫉妒，和发自心底的一种永远失去爱他的资格的悲伤。至少她不想谈及。阿梶也似乎在回避这一话题。

大概是这个原因吧，她在幽会时表情十分木然，有时常常大半天一言不发。两个人如同产生了隔阂一样。

从12月开始，花泽的上班时间好像有所变动，每当傍晚时分就可以看到她回来。虽然已进入了隆冬季节，但和怕冷的千卷不同，花泽穿得相当轻薄：上身一件十分贴身的黑色毛衣，把她那极富女性魅力的胸部曲线表现得十分完美；一条黄色的紧身长裤，也把她那纤细秀长的美腿展示得恰到好处。

花泽在路上一碰到千卷就爽朗地高声打着招呼："你好啊，最近怎么样！"

然后脚像踩在弹簧上一样，扭动着她那性感又充满活力的臀部朝家走去。

大概这种风情万种的女人是极能吸引住任何一个男人的吧。

千卷不禁感到，最近花泽见到她时，总是流露出一种胜利者的自豪神情来。

如果自己的判断是正确的话，那么她应该是看穿了自己跟阿梶的关系。

明知如此，还依然牢牢地插进两个人中间，并夺走了阿梶。

如同在以一个女人的优势和自信向千卷示威，迫使她放弃阿梶。

在12月6日，一个风和日暖的下午，大概4点左右，千卷正在清扫庭院中的落叶，那条“杰克”来到阿梶的院子里玩耍。但花子没有来。这条小狗虽然很讨人喜欢，但却从不敢靠近千卷的院子。可今天有两三次要从阿梶的院子里跳过来，被千卷又赶了回去。千卷并不讨厌小狗，但一转眼她的感情就来了个一百八十度大转变，连自己也感到吃惊。

“杰——克，杰——克——”

花泽在自己的院子里喊道。这时的“杰克”肯定听到了主人的呼唤，却一步也不想离开。

由于今天没有风，所以千卷想把落叶烧掉。

她回屋里去取火柴。

当她拿了火柴，又拎出一桶水准备用来灭火时，“杰克”居然来到了她的身边。不知它找到了一个什么东西，兴奋地叼起来就又跳回到阿梶的院子里，随后回到了花泽的身边。

“杰克，杰克！”

花泽走到“杰克”身边，给它戴上了项圈。

“怎么叫你你也不回来？！”

花泽有些粗暴地连拽带抱把“杰克”拉起来，于是便看到了它口中的东西，顿时大声斥责道：“不行！这么脏的东西，从哪儿找到的？！不行，快扔掉！……扔下！”

花泽把“杰克”口中的那个东西拽下来，顺手扔进了阿梶和千卷两个院子之间的灌木丛中。

“这么脏的东西！”

她一边抱着“杰克”，一边用力地拍打着它的屁股，然后大步回到了屋里。看样子她没有看到千卷。

这么脏的东西谁也没有看到是被谁扔在这里的。

千卷心中十分愤慨，但又没有办法，她走到被花泽扔过来的东西那里，打算收拾一下。

她在齿叶木犀丛里看到了一只男式皮鞋，皮鞋的鞋带沾满了泥土，是茶色的。鞋跟比较高，是那种个子比较矮的男人常穿的样式。鞋已经相当破旧了。上面还沾有新旧两种颜色的泥土，早前沾的泥土颜色已经发白了，刚被“杰克”弄上的泥土还很新鲜。

不知为什么，千卷的视线紧紧地盯着这个“脏东西”。

鞋跟很厚，但由于鞋的主人的走路习惯，已经被磨成了一个斜面，而且看上去穿了很久了。

因此，千卷判断这肯定是一个矮个男人的鞋。

“那么这个人……”

她仿佛听到耳边有个声音在问自己。这是她头脑深处涌出的声音。

千卷心中一惊。

第八章　幸福的圈套

1

“事到如今，什么也不能讲！”

阿梶重重地叹了一口气后对千卷说道。

“我觉得这只鞋和小田切先生穿的鞋很像，可详细的地方我怎么也回忆不起来了……”

这天夜里近12点钟，阿梶和千卷在千卷家中的起居室里相对而坐。两个人中间的地上铺了一张报纸，上面放着这只沾了泥土的男式皮鞋。

“我记得呢！他来了我家好几次，在他的鞋上……那天正好下雨……”

“……”

“那时候，鞋怎么样了？”千卷问道。

“那时？”

“对，把尸体往车上运时。”

“我从房门那儿提着那双鞋，扔在后备箱的一个角落了。”

“肯定吗？”千卷问道。

“大概……”阿梶有点儿犹豫了。

“可是，第二天我突然想起来，不是还问你了吗？我记得你说在山坡上把尸体弄下来的时候，鞋也在毛毯里一块儿被搬下来了。可怎么就记不清了呢？”

当时千卷还担心鞋留在后备箱里，特意回去看了一下，没有鞋，因此她也认为鞋和尸体一块儿被抬了下来。

“不过，万一这只鞋确实是小田切先生的，为什么会这样？”

“也许当时要扔在车里，可这只鞋掉下来了。而且掉在院子里一直没有发现，这次被杰克发现了，叼了出来。”

“不，如果让我说，这只鞋是不是掉在了别的地方。这上面既没有写名字，也没有什么证据证明是他的。”

“啊……这倒也是，不过……”

“我去处理了它！”

说着，阿梶马上用报纸把鞋包了起来。

“在这次倒垃圾的日子，把这只鞋和其他垃圾一块扔了吧。”

“对……”

但是，千卷的心中仿佛出现了一块不祥的乌云，这让她充满了恐惧，无法轻易拭去。甚至可以说，随着时间的推移，这种恐惧更加严重了。

也许突然哪一天，这件事要暴露出来？

这天夜里，千卷仍然被阿梶紧紧地搂着，但不知为什么，她总也燃不起热情和欲望来，任凭阿梶一个人摆弄着。

“你别这个样子好不好？平静点儿，别像个木头人一样……”

阿梶无可奈何，只好从千卷的身上下来。

阿梶说的“倒垃圾的日子”，是两天后的12月8日，星期五。

在这一带，每个星期一和星期五的下午5点左右，垃圾车来一次。如果门口有垃圾袋，清洁工人就会把它们收走。

千卷在下午4点钟左右，便拿出了一个尼龙袋，拿到了车库的门前。生活垃圾和废纸没有分开。芦田活着的时候，什么时候都分得很清楚，而且都装得满满的。但剩下千卷一个人后，垃圾量大大减少了。

千卷扫了一眼旁边的阿梶家门前。由于垃圾车来的时间他还没有下班回来，他家的垃圾袋从早上就放在门口了。平时他把垃圾袋放在大门的右侧，靠近千卷家的车库。

今天放的是一个黑色的垃圾袋。

千卷尽量装成若无其事的样子注意着那个口袋，因为她知道那只鞋一定放在里面了。

前天夜里，他把那只鞋包在报纸里带回到自己家里。因为如果放在千卷家里，会搅得她心神不宁的。

今天早上，他应当把那只鞋放在了这个垃圾袋里。

大概在垃圾袋的最底下吧。

千卷盯着看了一下，突然发现口袋虽然系上了口，可被冷风一吹，口袋上方“哗啦哗啦”直响。

为了保险起见，要把口袋再好好系一下。

于是，千卷朝那个口袋走过去。

由于阿梶常在外边吃饭，因此他的垃圾只有千卷家的一半左右。而今天却显得很大。

千卷打开了垃圾袋，要重新系一下，当然也就看到了垃圾袋里最上面的垃圾。

有一只破旧的、茶色的皮包。那是一只像学生书包那种的扁扁的包，上面还有金属配件。

当她不自觉地拿在手里时，不禁吓了一跳，然后立即放了下来。

跟小田切来时提的包很像。

千卷又打开了垃圾袋，仔细看了看。

她把手放在那个金属配件上，但弄不下来。

正在这时，有两个主妇模样的人朝这儿走了过来，她们多少有点儿奇怪地看着千卷的举动。

于是千卷连忙松手，又把垃圾袋牢牢地系好，然后回到了自己的家。

她走进没有开灯的起居室里，呼吸十分急促。

想到当时自己像一个捡垃圾的人似的，她感到十分难堪，身体里也产生了一股热流。

突然，一个念头涌上了千卷的心头。

让杰克发现那只旧鞋，难道是阿梶早就算计好的？把刚刚看到的那只皮包放到垃圾袋里也是算计好的。因为他知道千卷肯定要翻动垃圾袋的。

鞋和皮包是否真是小田切的已经不重要了。

问题是他为什么要这样做？

“是为了让我去自首吗？”

想了一会儿，千卷嘶哑地自言自语道。

他已经开始觉得我是个麻烦了。

认为我是个只知道制造麻烦的女人而开始讨厌我了。

也许他是想通过给我一次次的刺激和恫吓，让我从的心理上渐渐地产生压力，实在受不了的时候，便去向警方自首？

事到如今，我去自首对他也不会产生什么伤害了。

杀死芦田的真正凶犯已经被逮捕了。

阿梶只是等候一个机会，尽管他是偷盗芦田磁盘的人，虽然还没有付诸行动，尽管他过去曾是一名被企业雇用的经济间谍，但没有证据，谁能把他怎么样？而且也许缉捕他的时效也过了呢。

况且，射杀小田切的人是我。他为了安慰我，帮助我处理了尸体。这在罪行上也是最轻的一种吧？比起我来，他选择花泽，是最好的一条道路……

心中渐渐产生的波涛，此时重又一阵阵地向千卷心头压过来。

与其说是愤怒和憎恨，不如说她此时此刻的心已经深深地坠入绝望的深渊里了。

这是神灵给我的惩罚……

千卷不禁哭泣起来。

泪水把我全部溶解掉吧！千卷失声痛哭。该怎么办呢？

她慢慢地抬起了头。

这时，她的头脑有些清醒了，仿佛在浓重的云雾中看到了一丝光亮。

“不能自首！”她像鼓励自己一样说道。

我情愿受到惩罚。

我要用自己的手偿罪。

仿佛她早就这样决定了似的。

2

千卷开始收拾自己的家。

她的心情出奇的平静，由于没有焦急的必要，因此她的动作十分舒缓。她一间一间地收拾屋子。

实际上她在头脑里一刻也不停地考虑着自首前的各种事情。

写遗书吗？她不清楚该不该写。也不知道结局如何。遗书写给谁？她反而在想，为了痛痛快快地死，最好选择自缢，最好在浴室里，这样大家不会有什么怀疑。

收拾完起居室和厨房，连同二楼也收拾好时，已经是晚上9点半了。

她又下楼去了书房。

在放着计算机和书籍的房间里，空气中还有一丝丈夫的气息。千卷不禁又要哭出来，但她紧紧地咬着嘴唇，极力平复自己的心情。

我没有资格在这间屋子里哭泣。

她打开了书房的窗帘。

冬枯的庭院里落满了苍白的星光。也许风更大了吧，窗户时不时地发出声响，除此之外，一派死寂。

阿梶的家里亮着灯。

今天他是什么时候回来的？

这会儿他在干什么呢？

也许又在和花泽通电话呢！

千卷伫立在窗边，长久地凝视着阿梶家的灯光。

多么奇怪，此时此刻千卷的心中对阿梶一点儿恨也没有，只有淡淡的悲伤和平静。

临死前，想和他再见一次面。

一产生这个想法，就再也无法消除。不是不想自杀了，而是想和他告别……

为了准备行装而离开书房的千卷，突然“啊”的叫了一声，全身都僵硬起来了。

一个白色的人影从花泽家的院子里出来，悄悄地走进阿梶家的院子里。

千卷立刻屏住呼吸，仔细地察看。

阿梶打开了门，两个人交谈了两三句，那个人影就溜进了阿梶的家。肯定是花泽，她穿了一件白色的外衣！

难道两个人终于发展成了在阿梶家幽会的关系？

开始阿梶是去花泽的家，也许由于有花子，两个人行事不方便吧！孩子虽小，但很容易被不熟悉的声音弄醒，他们无法尽情偷欢。

那么，等花子睡了，两个人就可以放开手脚了……

千卷感到心头像被刀割一样的刺痛。这是一瞬间的事情。

她马上离开了窗边，来到书房的小房间里，她要整理一下自己的思绪。

她走出书房，把要处理的东西分别装入三个垃圾袋里，拿出了门外。

回来后，她打开热水，认真地洗了个澡。

然后换上了一套干净的内衣，外边穿了一件阿梶十分喜欢的紫罗兰色的外衣。

她略施淡妆后，看了看手表：快12点了。

千卷又一次返回书房。

阿梶家的一楼灯已经关掉了，二楼的卧室里露出了淡淡的床头灯的灯光。

花泽已经回去了吧？

千卷来到庭院里。

她穿过灌木丛，到了阿梶家的院子里。

她来到门前。

如果花泽回去了，门也许会上锁。这次她特别留意。

千卷把手放在了门把手上。

但在这一瞬间，她看到了十分奇怪的现象。

透过门帘朝里面看了看，黑暗中她看到室内有一个微小的亮光在闪动着。开始以为是错觉，但怎么看也像是小型手电的灯光。

千卷咽了口唾沫，死死地盯着那亮光，只见那亮光慢慢地移向了厨房。

于是她轻轻地拉了一下门：门没有锁。她十分小心谨慎地欠开一条门缝，从门缝里“挤”了进去。

这时，亮光指向了起居室和餐厅之间的书架上。千卷屏住呼吸，一动不敢动。

是什么人在搜查这间屋子？！

小偷？那就马上回家打电话报警！

当千卷打算回去时，手不知碰上了什么，发出了“咔嗒”一声响。

千卷被吓了一跳。

那个光亮灭了！

只停了一秒钟。

突然黄白色的灯头一下照在了千卷的脸上。随着剧烈的喘息声，一个人向她身边靠过来。千卷吓得一声都喊不出来。

这一瞬间——

突然室内电灯亮了。

穿了一件黑色的女式西服的花泽，手中拿着一只小型手电筒，瞪着千卷。

“果然是你！”

在千卷的左侧传来了阿梶的声音。他穿了一件睡衣站在二楼的楼梯上，正死死地盯着花泽。

“花泽小姐。”他说道，“你接近我、诱惑我的目的，在你搬来不久我就看出来了。开始你借口花子和杰克的事把我叫到你家，并流露出要来我家的意思。我看出你要趁我麻痹时干点儿什么事。所以，今天夜里我就同意你来了，但是……”

阿梶用冷冷的目光盯着花泽。

“今天夜里你想令我神魂颠倒，我早就看出来了。你劝我喝酒，酒里不知放了什么东西，我全知道。我装出睡着了的样子。大概放的是安眠药吧？”

花泽呼吸急促，但仍昂着头。

“你要上二楼，我假装顺从上了二楼；我一躺下，就假装睡过去的样子，我知道你在警惕地看守着我，等确认我深睡过去后便溜下床，举着手电去了我的书房，去找抽屉里的东西，然后又在整幢房子里翻找东西！说明白吧！你到底要做什么，为何要这么做？！”

花泽叹了一口气，挑战般地盯着阿梶。她那双瞪得圆圆的双眼放射着犀利的光芒。

“我是小田切晋一郎的妻子。”花泽用意外平静的语气说道，“今年35岁。花子是我和丈夫的掌上明珠。”

“啊！”

千卷吃了一惊。

“我丈夫从不在家里谈论工作上的事情。但在不久前，我从他的闲言碎语中知道了一点儿事情。现在回忆起来，就是关于企业间经济间谍的事情。”

阿梶也吃惊地站在那里听着。

“我丈夫失踪了，但没有找到尸体，警方的调查也没有进展，我认为我丈夫是被杀了。如果他活着，他无论如何也会想方设法与我联系的。”

这时，千卷的脑海里又回忆起小田切的话来：

“……不，我有妻子和一个女儿，虽然我要孩子晚……但现在她长得十分可爱……由于我脑海里老浮现出老婆和孩子的样子，所以不能做对不起她们的事儿……”

“我去公司打听了我丈夫生前从事的工作，如果他在追查企业间谍，那么对象是谁？我一个一个地排除，或许是阿梶先生？……但是，芦田夫人说我丈夫到过她家，但又走了。那么，我不得不考虑会不会是阿梶先生和芦田夫人共谋的呢？……可是我没有什么证据。为了更好地进行调查，我便搬到了这儿。”

“……”

“你们之间的关系，我很快就明白了！”花泽向两个人分别看了看后讪笑道，“我之所以露骨地接近阿梶先生，就是为了在你们两个人中间埋下不信任的种子，并可以从中嗅出什么线索来。由于芦田夫人神经比较脆弱，我就试着给她施加精神压力。我故意找来一只和我丈夫失踪那天穿的一样的皮鞋让杰克‘发现’，这是我给你的沉重打击。”

“那么……”

千卷情急之下竟不知说什么好了。

“你在垃圾袋里找到那只鞋，我全都看见了。”

千卷紧紧地咬着嘴唇。

“我慢慢确信了我的怀疑。我打算克制住自己的焦急的心情，但我没有料到阿梶看穿了我的计划。不过，我会马上结束这一切的。”

花泽得意地又分别看了一下阿梶和千卷两个人。

“我丈夫在计算机界里是专门搞调查和情报的，皮包里常常装着各种资料奔波各地。如果阿梶先生是间谍，打开我丈夫的皮包，害死我丈夫也不会扔掉那些材料的。我就是要在你家找到有我丈夫笔迹的，AD公司的公文等材料。”

“找到了吗？”阿梶拼命压抑着情绪问道。

“不，很遗憾，什么也没有找到。但我却发现了别的东西，就在这儿！”

花泽用手电筒的光照向沙发腿，并伸开自己的右手。

她的手是空的，可是——

“刚才我在那儿捡到了一个隐形眼镜。由于它在手电筒的亮光下可以反射光，因此我在地毯缝隙中发现了。”

花泽把其他的手指收回来，只剩下食指，果然在她的指尖上有一个小小的透明的隐形眼镜。

事件之后，由于沙发下没有血迹，因此没有清扫那里。

“我丈夫平时总会不经意弄丢镜片的，因此有替换的。肯定是他遇害之前掉在这儿的。”

这样一说，千卷便回想起来，小田切第一次到她家里来时，没有戴眼镜，但从第二次来就戴了一副黑框眼镜，千卷问他，他说隐形眼镜丢了，新的没配好之前，只能先戴这个。

“平时我是戴隐形眼镜的。老婆说这样好。而且孩子也常常拿我这副眼镜戴。”

“这能说明他是被害的？小田切先生失踪前来过好几次，也许是那时掉的呢！”

“不，我丈夫失踪前几天，在回家前去了眼镜店，取回了新配的一副隐形眼镜。因为平时怕光，所以这次特意配了一副蓝光的镜片，所以那是7月6号取来的，不信可以马上证明这一点！”

阿梶不作声了。

“我要把这个物证交给警察。我为了防备万一，来时已经做了准备。万一我被害，你们的结果会更糟。我告诉森兼警部说，今天晚上我要去阿梶先生家，而且大概他的车就停在了附近，如果我死得可疑，或行踪不明，就会对你们进行彻底调查的。”

花泽的白色外衣放在椅子上。

她从容地穿上，系好扣子。

“再见，希望你们尽快坦白，告诉我丈夫的遗体在哪儿。向警方交代。至于是怎么害死的我不想听。而且，我不想第二次见到你们！”

阿梶冲动地要冲下来，花泽马上抬了抬手：“别这样，我知道你想从我手中抢回这枚镜片，不过，你看，我放在嘴里了，你敢动我一根手指头，我马上把它咽下去。”

说完，花泽迅速地把那枚镜片放进了口中，并伸出舌头，让阿梶看了看。

随后，她慢慢地转过身子。

她背对着茫然站在那里的阿梶和千卷，朝大门走去。这次千卷看出来，她再也没有往日那种卖弄风情般的扭动臀部的姿势，全身都处于一种高度紧张的防备状态。

但是，这根本没有必要了。千卷感到了一种不可名状的解脱感。

阿梶和我原本就是犯罪的外行，不可能再加害于你的。

大门“呼”的一声关上了。两个人不知不觉地走到了一起。他们互相盯着对方的眼睛。

“我真的曾怀疑过你和花泽之间的关系。”

千卷不知为什么突然想起要说这句话。

“为了弄清她的真实身份，我特意‘迎合’了她的‘勾引’。我打算弄明白后再对你讲，我怕先讲出来你会害怕。而且你的态度正好可以让花泽得到一个错误的信号。”

两个人又走近了一点，静静地拥抱在一起。

阿梶搂着千卷说道：“天一亮，我们就去警察署投案自首，为了弥补我们犯的罪。”

“嗯……”

“也许一会儿他们就会来的。不过，别害怕，你扣动猎枪的扳机是过失犯罪，或是防卫过当，没有明确的杀人企图。会这样认定的。不能让你一个人背着这个罪名。你到哪儿我也和你在一起。”

“我知道了。”千卷深情地说道。

“那么，事情结束后，我们就去重新开始一个新的人生，从零出发。一定可以的！”阿梶坚定地说道。

“是的，我相信。”

这一次千卷算是从内心相信阿梶的话了。

“一定可以的！”

只是我陷入了一个命运的圈套。大概，这是一个幸福的圈套吧。

（全文完）